U0044798

# 死亡荷爾蒙

# Death hormone

李熙麗 著

by Phoebe LEE

靈感來自加州大學柏克萊分校(UC Berkeley)化學工程系的 Robert & Steve。

目前他們在生物科技公司與國家級研究中心擔任研究員。

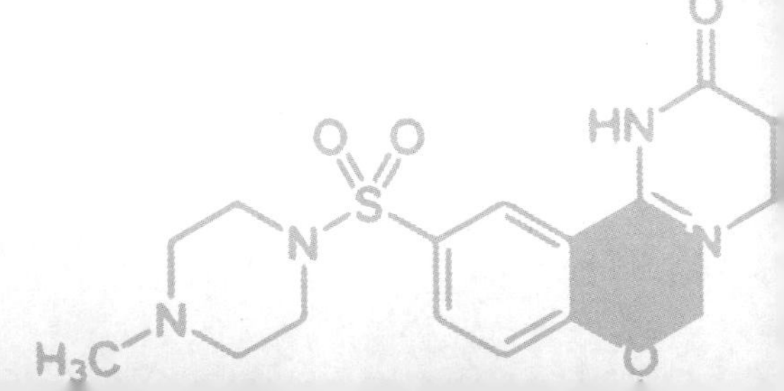

致我敬愛的父親

⊙人物出場序

**創世紀科學公司 (Genesis Science, Inc)**

吉姆・多爾第 (Jim Doherty)：創世紀公司警衛

維克・柯斯塔 (Victor Costa)：創世紀科學公司實驗室主任、探索診所擁有者

威爾・佩德 (Will Peder)：創世紀科學公司 CEO

**探索診所 (Exploration Clinic)**

維克・柯斯塔 (Victor Costa)：創世紀科學公司實驗室主任、探索診所擁有者

娜塔莉・格拉巴斯 (Natalie Grabarz)：探索診所醫護

**菁英醫學中心 (Elite Medical Center)**

路西恩・馬丁 (Lucien Martn )：利奧・尤哈斯 (Leo Juhasz) 的主治醫生

**尤哈斯金融控股公司 (Juhasz Finance Holding Company)**

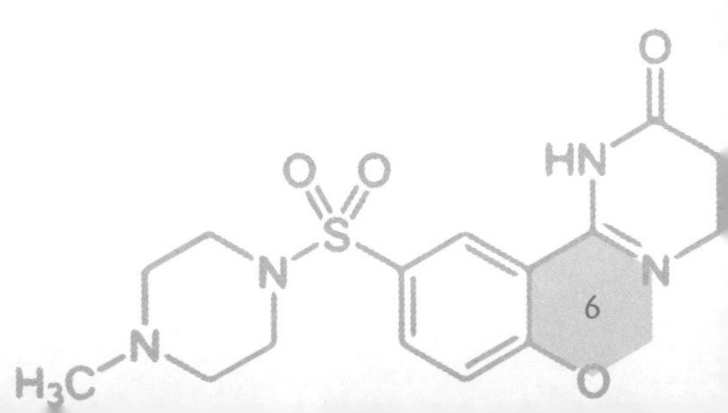

凱恩・尤哈斯(Kane Juhasz):尤哈斯金融控股公司退休總裁之子,控告維克・柯斯塔醫師蓄意謀殺

利奧・尤哈斯(Leo Juhasz):尤哈斯金融控股公司退休總裁

波特・格林(Porter Green):尤哈斯金融控股公司總經理

**終極新聞雜誌(The Ultimate Magazine)**

哈維・溫西尼爾(Harvie Wisniew):終極新聞雜誌發行人

西恩・莫爾納(Sean Molnar):終極新聞雜誌總編輯

唐・伯格(Don Berg):醫藥組組長,擁有公共衛生與新聞雙學位

傑森・拉伊爾(Jason Laine):醫藥組編輯

艾倫・傑林(Alan Zielin):醫藥組編輯

伯里斯・納吉(Boris Nagy):醫藥組編輯

**德盧卡醫療集團(De Luca Medical Group)**

李斯特・德盧卡(Lester De Luca):德盧卡醫療集團創辦人

伊凡・德盧卡(Evan De Luca):國會議員同時是德盧卡醫療集團未來繼承人

**其他人物：**

鄧肯・舒爾茲檢查官 (Prosecutor Duncan Schulz)：負責偵辦蓄意謀殺案

珍・莫羅 (Jane Moreau)：舞蹈家

海妲・奧拉 (Hedda Olh)：珍・莫羅之女，控告維克・柯斯塔醫師蓄意謀殺

班・莫瑞 (Ben Murray)：電腦程式設計師

蓋・霍夫曼 (Guy Hoffmann)

路易・勒菲弗爾 (Louis Lefebvre)

凱特・麥爾 (Kate Meyer)

# 楔子

**創世紀科學公司（Genesis Science, Inc.）**

凌晨兩點十分，公司警鈴大響。他根本不知道是怎麼睡著的。

創世紀科學公司以前從沒發生過類似事件。吉姆・多爾第今天終於體會到被警鈴嚇醒的感覺真的很不舒服，就像冷不防被人從背後偷襲，除了驚嚇，還帶著憤怒。為什麼不是昨晚、不是明晚，偏偏是今天晚上！多爾第心理咒罵，又是該死的莫非定律。從癱睡的椅子上站起來，先用手掌抹去已經快流到脖子的口水，接著趕緊在桌上、桌下找眼鏡，突然發現眼鏡還掛在鼻樑上，多爾第笑了笑，搖搖頭，他真的睡死了。轉頭看牆上的時鐘，2：11。彎腰檢起掉落在地上的雜誌，手拿雜誌拍打額頭，好像要把睡神拍走。

很多值夜班警衛認為反正公司的門窗都會上鎖，也不會有人來訪，在沒有人打擾的情況下，乾脆就躺下來呼呼大睡。在創世紀當警衛已經五年，他從未偷懶。

每當值晚班，在交班時間過後，他每隔2小時就會去巡視每一層樓，檢查安全門是否關好，即使他不認為會有人夜闖公司。除去巡邏的其它時間，他都待在警衛室，不是看監視器，就是看報紙、雜誌、玩玩手機遊戲。入夜之後，門窗緊閉的大樓內非常安靜，連掉一根針都可以聽得清清楚楚。在寂靜的夜晚，還有什麼樣的消遣會比做自己想做的事更棒。

今晚的昏睡，真的是例外。前一天2歲的小女兒發燒哭鬧一整天，為了讓已經疲憊不堪的妻子好好休息，他在下班後扛起責任照顧孩子。今晚上班前，他已經超過36小時沒有闔眼。曾向公司請假，但是找不到人代班，最後沒辦法，老闆仍然希望由他值班，還安慰他反正晚上不會有事，他有很多時間睡覺。

多爾第走進廁所接冷水洗了臉，然後回警衛室打電話通知兩個大頭。

警報器的聲音是從三樓精密儲藏室發出的，因為相對應的錄影裝置也發出紅色閃燈。就在他忙著準備檢查錄影裝置時，大門鈴聲響起。他用左手將眼鏡往頭上推、右手邊揉眼睛，在昏暗的大廳裡小跑步去看誰在按門鈴。是保全人員。創世紀科學公司和私人保全連線，公司警鈴響起，在附近巡邏的保全接到通知就立刻趕到。

『總會有第一次，不要緊張。』保全人員安慰他。

『希望只是電線短路。事情越單純越好。』

『發現了什麼嗎？』兩位保全邊走邊巡視，檢查四周的窗戶有沒有被破壞的痕跡。門窗都很完整。最後跟著多爾第走進警衛室。

『還不知道，我正要檢查錄影裝置。』多爾第將監控三樓儲藏室的錄影裝置倒帶。三雙眼睛盯著螢幕看到底發生了什麼事情。

維克．柯斯塔和威爾．佩德也在30分鐘之內同時趕到。佩德拿磁卡開了大門，兩人進一起走進警衛室。

『大家早安！』佩德出聲跟警衛室裡的三個人打招呼。三人同時回頭看也打了招呼。

『早安！我們看過了。有人按下三樓儲藏室密碼鎖的密碼，才啟動了警鈴。』多爾第轉過頭來向站在後方的佩德與柯斯塔報告。

已經看過錄影的多爾第將對準精密儲藏室的錄影裝置倒帶到2：05。在2：06，看到一個只露出兩隻眼睛的蒙面黑衣人帶個小手提箱走到三樓精密儲藏室門口，用戴著手套的食指快速按下密碼，立刻警鈴大作。黑衣人轉身跑開。

接著看監視樓頂逃生門的另一支監視器。將時間調到2：04。2：05黑衣人拉開頂樓逃生門，從容地走進來。2：07黑衣人衝出逃生門，消失在鏡頭前。

『我知道你很累，不必自責。今天有巡樓嗎？』佩德問道。

『有。我交班去巡邏的時候，逃生門是關著的，這點我可以確定。』多爾第暗忖會不會是自己太累眼花，而沒發現門閂已經被拉開。

所有人全走向電梯。一出電梯門，立刻就看見安全門往外敞開。

佩德和柯斯塔兩人上上下下仔細檢查安全門門縫，並沒有發現有被撬開的痕跡。

『如果只是把門輕輕掩上，這裡晚上經常會出現一陣陣急風，即使是這麼重的鐵門還是有可能被風吹開。』多爾第很心虛，認為是自己的錯。

聽著多爾第說明夜間周圍環境的時候，柯斯塔發現地上有一塊和鐵門同色的黑色塑膠片。他撿了起來，發現上面有壓痕。他用手按壓塑膠片，很結實，但是很有彈性。

他拿著塑膠片緊貼門框再把門關上，非常密合。雖然沒有插上門閂，柯斯塔還是需要一點力道才能把安全門往外推開。如果再把門閂稍稍往裡面推，即使鐵門不穿過環扣，並不容易發現安全門是不是被動過手腳。

多爾第曾問過佩德，為何不把安全門改成電子防盜鎖，這樣會更容易知道安全門有沒有關好?佩德當時解釋，既然是安全門，表示是用來逃生，愈簡單、愈容易操作就愈安全。如果使用電子防盜鎖，萬一碰上停電或遭人為破壞時直接鎖死，安全門反倒成了地獄門。

柯斯塔拿著塑膠塊走到頂樓的陽台，陷入沉思。除了董事會與公司人員，知道公司有新藥的外人不會超過十五個，而且個個都是這個領域的專業人士。會是誰?大家也都看著柯斯塔手上的塑膠片，不知道他在想什麼。

『黑衣人看起來連路都不用找就可以直達三樓儲藏室，而且在這麼短的時間就能逃離現場。即使是我都不一定能夠這麼順暢往返三樓和頂樓。第一次來的人更不可能瞭解《逃生》路線。所以我認為應該是熟人所為。』柯斯塔轉過身對所有人說道。他心裡已經有人選了。

『要不要報警?』其中一個保全開口問柯斯塔和佩德。

『要逮到竊賊的機率很低，不過還是麻煩多爾第先生下樓打電話報警。麻煩兩位陪同多爾第先生一起。謝謝你們。』佩德對著警衛與保全說。柯斯塔想反對，但被佩德按住肩膀制止。兩人從以前就有很好的默契，柯斯塔沒有說出口。

『麻煩你順便檢查今天所有的錄影，看還有沒有其他人上頂樓。我們等等就下去。』柯斯塔很自然地接著佩德的話，對著多爾第說道。

接收到指令，多爾第和兩位保全往電梯方向走。

『其他人？你知道今天有人上頂樓？』等警衛和保全搭電梯下樓，佩德瞪大眼睛問柯斯塔。

『昨天下午兩點左右我和大帥一起上來過，他想抽菸，我帶他到頂樓陽台。我們在這兒聊了一會兒。後來同事上來說有人打電話找我，我先下樓接電話。大帥說他抽完菸會把先門閂好再下去找我。』

『所以你認為大帥是那個竊賊？』

『我不認為是他。之所以這麼認為，一方面是身材看起來不像，另一個原因是因為如果他想要新藥，我會跟你商量給他一份，但是他沒有開口要。不過，事關機密，你應該也不會同意。我倒是很想知道是誰這麼急著要取得新藥。』

『事實擺在眼前，肯定是經過縝密安排。對了，他什麼時候又開始抽菸？』已經很久沒和大帥碰面，佩德不置可否：

『那麼，精密儲藏室的密碼呢？』

『我帶他去參觀儲藏室，他可能記住我按下的密碼。我還是認為不是他。』

『他既然來找我，又為什麼不等我回來？』

『他來找你談新藥合作案，當時你不在，我跟他在辦公室閒談。至於合作案，我沒有辦法幫你做決定。後來他接了一通電話，說他有事要先走，就不等你回來，他說會再打電話找你討論。他離開一小時之後我就回診所。打算今天再告訴你這件事。』

『我昨天一整天都沒接到他的電話啊！他在搞什麼？』

『你為什麼想報警？這等於把公司遭竊的消息公開，對公司不是件好事。』

『報警的目的有兩個。第一是警告竊賊，即使知道密碼也沒用。另外，我想藉這個機會發布公司因為有新藥正在申請專利，所以才會引來起有心人士覬覦。有新藥正在申請專利，對公司絕對是利多。』

『你真的這麼想？被闖空門，表示公司安全措施做得不好。我還是覺得不妥。』

『就股市層面，是利大於弊。你和大帥到底談了些什麼？』

『等警察來做過筆錄之後我再詳細告訴你。別讓他們等太久。』柯斯塔把安全門關好，順手把門閂閂上，兩人一起搭電梯下樓到警衛室。

# 24個月前

## 探索診所（Exploration Clinic）

娜塔莉・格拉巴斯的老闆是醫生維克・柯斯塔，候診室就是她的地盤。除了柯斯塔醫生外，她誰也不看在眼底，尤其是面對部分傲慢無理的病患。她現在就坐在診療室的櫃檯桌邊整理資料，同時也像忠誠的狗兒一樣守著探索診所。

『早安！』柯斯塔停好車走進到診所跟醫護娜塔莉・格拉巴斯打招呼。

『你怎麼來了？今天禮拜三，早上沒有預約病人。下午才有。』娜塔莉・格拉巴斯很訝異一早就看到他。

『我知道。今天有特別任務。』

『在這裡，你除了看診，還會有什麼任務？難不成是要開派對？』

『派對！絕對有比診所更適合開派對的地方，再說，如果要開派對，診所場地太小了。』

『同意。但如果是要開醫生、護士角色扮演的派對，這裡倒是挺適合的。』

『我沒這個癖好！』

『誰曉得你私底下是什麼德性。』娜塔莉頭也沒抬繼續做她的事。

『小姐，妳來診所上班超過一年了吧？』柯斯塔探過身子問正在整理病患資料的娜塔莉。

『14個月了。怎麼了？』納塔莉很認真抬頭看了他一眼，立刻又把視線轉到手邊正在整理的資料。

『在這裡上班還愉快嗎？』柯斯塔站在櫃檯前，挑高眉毛，帶著不尋常的笑容問道。

『還不錯。沒被醫生欺負。偶而被病患抱怨，大致上還算滿意。你今天怪怪的。你發燒了嗎？』娜塔莉頭動也不動，只抬高眉毛看著著柯斯塔。

『我身強體壯，好的不得了。』柯斯塔舉起右手，握緊拳頭，秀出隱藏在襯衫袖子底下的二頭肌。

娜塔莉搖頭，實在受不了男人秀肌肉的樣子。她從來沒看過這麼失態的柯斯塔。他今天真的好怪，娜塔莉心裡這麼想著。

『也沒什麼。』柯斯塔一派輕鬆，靠著櫃檯，傾身對著坐在椅子上的娜塔莉說道：

『幾個禮拜前無意間聽到妳在講電話，跟朋友討論想休假去旅行。』

『已經計畫好了。只是不知道怎麼開口跟你說?既然你問了，我哪時候可以休假？』娜塔莉終於了解到，柯斯塔是認真地在談該屬於她的員工福利。

於是她慢慢從椅子上站起來，可是還是不太相信這麼好康的事情真會發生。在這裡上班這麼久，他平常講話還算幽默，這可是第一次看到他臉上有這麼奇怪的表情。他到底在搞什麼鬼啊！

『下禮拜一開始就可以休假。我腦袋沒有燒壞。』柯斯塔擺出撲克臉。

『這麼快?還是因為你對我的工作表現不滿意,要炒我魷魚?』娜塔莉張大嘴巴一臉驚恐。

『當然不是。要炒妳魷魚根本不需要理由。放心,妳是個非常盡責的醫護。』柯斯塔恢復平常的笑臉道:

『是這樣的,佩德昨天出國,一個月之後才會回來。實驗室必須要有人全天候執勤,接下來的這一個月我必須花比較多的時間留在實驗室。少了佩德,我的時間更沒有彈性,沒有辦法同時兼顧診所和實驗室。來回奔波倉促看診,我不但累,對病人也不公平。妳有一個月的假期。』柯斯塔很認真地看著娜塔莉,舉起右手食指,秀出《一》的代號。

『真的可以嗎?可是佩德出國應該是早就決定的事,你怎麼現在才說?』娜塔莉緩緩走出櫃台,眼睛發亮。

『妳現在是怪我太晚告訴妳?還是妳不要這個假期了?』柯斯塔語帶恐嚇。

『不是啦!我沒問題,是怕朋友不能臨時請假,我就得一個人旅行。』

『那很好啊!根據統計,一個人旅行,豔遇機會比較高!』柯斯塔帶著鼓勵的口氣。

『不必了,在這裡上班,豔遇機率已經很高了。』娜塔莉偶而會被比較熟悉的病患開玩笑說希望她當女朋友。

『好啦,不開玩笑!很抱歉,沒事先告訴你。事情是這樣的,佩德一個月前就訂了機票,他這兩天才真正下決定,沒到機場之前誰都說不準他會不會真的出國。昨天晚上我開車送他到機場，看著他出境。』

『你從來沒提過。甚至連暗示都沒有！』娜塔莉皺著眉。

『如果一個月前就暗示妳，妳心裡肯定會有期待。如果他又臨時取消，難過的人恐怕會是妳！』

『所以，現在要麻煩妳休假前的這段時間連絡其它診所，幫忙安排已經預約的病人到其它診所看診。如果病人不願意去其它診所，就延後四個禮拜。病人一定會問為什麼，妳需要花點時間跟他們解釋。我也會打電話給其它診所請他們幫忙看診。當然，妳可以同時安排自己的假期。』

『需要告訴你我要去哪裡嗎？』

『不需要。如果說了，就不算休假。』

『好的。你真的確定我可以休假嗎？』娜塔莉擔心這只是一場騙局，再次確認。

『當然確定。除非佩德偷偷跑回來。即使他回來，我還是會給妳一個月的假期。不用擔心，趕緊開始聯絡病人，就怕妳休假前沒辦法完成所有的工作。』

『會的。為了休假，我一定會完成所有的事情。』娜塔莉立刻坐回電腦前查已經預約的病人，拿起電話，立刻開始打電話聯絡。

趁娜塔莉忙著聯絡病人和其它診所，柯斯塔走進平時看診的診療室，順手把門關上。

他為什麼要把門關上？除了看診，他從來不關診療室的門。忙著打電話的娜塔莉不知道柯斯塔在裡面做什麼，但隱約聽到診療室裡傳來聲音，若仔細聽還是猜得到是儀器發出的聲音。十分鐘後，柯斯塔走出診療室，手上還拿著一疊資料。

柯斯塔走到櫃檯前，納塔莉正在通知其中一個病患，等娜塔莉掛上電話，他才開口說道：

『對了，要麻煩妳幫忙預約清潔公司，請他們三個星期後前來打掃、消毒診所，也就是開診前的一星期，約好了再告訴我時間。』

『好的。』

『一切就都麻煩妳了。我實驗室還有事情要忙，先走了，下午再回來看診。』

看著科斯塔往外面的停車場走去，女人的第六感，她覺得今天的柯斯塔不但表情怪，講話的內容怪，甚至連行為舉止都很怪，只是不知道怪在哪裡。雖然平常在一起工作，但很少聊私事。娜塔莉仍然不了解她的老闆。

# 1

## 五月十一日 星期日

唐・伯格非常珍惜下班後的自由時間，以及不必上班的假日時光。已經從新聞學院畢業十年，如今他的同學，無論是從事新聞工作、媒體公關、或是執行製作，他們大多數每天深陷在超高壓環境下工作超過十五小時裡而無法自拔。剛從新聞學院畢業時他也曾受雇於傳統報業，當過五年的醫藥記者，透過調查、訪問、蒐集資料等方式撰寫新聞稿，而他也在記者這個生產線上競競業業。不過當他的上司要求他每天要工作十五小時以上時，他便離開了這個可能讓他短命的報業，進而投身終極新聞雜誌。

在終極新聞雜誌的工作內容其實和其它媒體差不多，只是他不需要像生產線的工人一樣，每天必須產出急就章的稿子，因為他們花更多時間蒐集訊息、求證，四人共同寫下篇篇如社論般的報導。他喜歡這樣的工作模式，最重要的是他也能同時享受他想要的生活。

平常如果早點回到家，心情好的時候，他會在進客廳前先站在陽台吹吹風，看看對面公寓的人們在做些什麼，就像所有偷窺狂會做的事，就像現在。伯格曾經幻想，會不會有對面住戶

發現他在暗中窺視，然後衝進他家，把他從頂樓丟下去，如果真的是這樣，他應該不會像後窗的男主角只是摔斷腿而已，肯定連小命都會丟掉；又或者，如果真的看見什麼，他應該也不會像勇敢的女主角當面指責被偷窺的人是個《殺人犯》，但肯定會報警。

三個月前他就看到對面樓房六樓有一對男女打架打的凶狠，男人扯著女人的頭髮往地上摔，而孩子就在旁邊嘶聲哭喊，伯格擔心孩子受到波及，更擔心命案發生，於是打電話報警。警察果然很快就現身在對面的樓房，接著男人拿起外套甩門出去。接連一段時間觀察對面六樓住戶，發現那戶人家只剩孩子和女人，男人早已不知去向。今晚也沒看見男人。

今晚的伯格，除了偷窺，也巡視屋頂上這片天空，看看可以有什麼新發現，星星、月亮、雲朵，都好。放眼望去，即使到處都有各色霓虹燈閃爍，看起來象徵精彩的夜生活，但這些畫面都遠不及望出去是公園來的賞心悅目，那是屬於有錢中產階級居住的區域。盡情欣賞夜色後的伯格準備上床睡覺，明天除了有已經規劃的議題需要仔細查訪，況且誰也不知道明天會有什麼驚人的事情發生。

# 2

## 五月十二日　星期一

**尤哈斯金融控股公司（Juhasz Finance Holding Company）會議室**

『今天有關國家《金融監理法令鬆綁、修正》，還有營運績效、獲利檢討等等議題，沒有人要提問或者補充說明的？』總經理波特・格林眼光掃過每一位與會人員說道，

『如果沒有，今天的會議就到此為止。』

『現在，我想請前總裁尤哈斯先生針對今天討論的議題跟我們說幾句話。』總經理波特・格林望向坐在旁邊的利奧・尤哈斯，

『尤哈斯先生，』

『尤哈斯先生，』波特・格林輕輕呼喊著動也不動的尤哈斯。

凱恩・由哈斯見狀急忙跑到父親身邊，

『爸爸，』對他父親輕輕搖了搖，沒有任何反應。用手檢查口鼻，發現已經沒了呼吸。

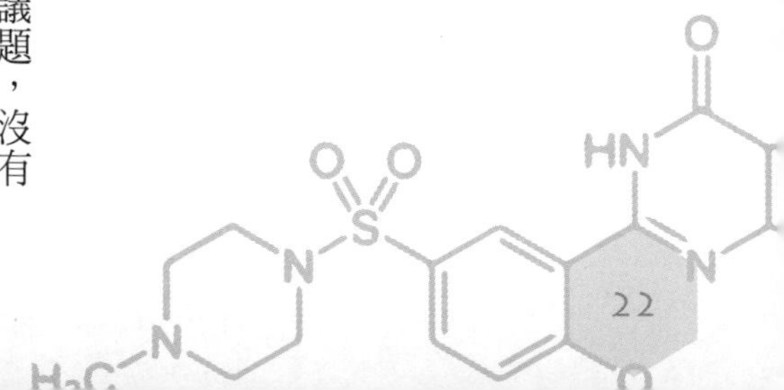

『趕緊打電話叫救護車！』凱恩・尤哈斯大喊。一臉憂愁的他拿起手機打電話給醫療團隊，

『我是凱恩，父親已經沒了呼吸，麻煩準備急救。謝謝。』

**菁英醫學中心（Elite Medical Center）會議室**

下午六點。臨時記者會現場。

不論是電視媒體或報社記者，大都在五點鐘左右接到通知後立刻趕來。醫學中心會安排記者會，通常是有重要的事情要宣布。今天不同，不但是臨時通知，沒有新聞稿，而且是在傍晚。

因為是臨時決定，會場來不及擺上整齊的椅子，再加上有些電視媒體已經在會場中央擺好攝影機，晚到又找不到好位置的記者乾脆就在兩架攝影機之間席地而坐。由於不知道要發布什麼訊息，記者們互相詢問『到底發生了什麼事？』。

現場非常吵雜混亂，不像記者會，倒像是在到處討價還價的菜市場裡面。不過，當看到長桌前擺著手寫的凱恩・尤哈斯名牌，大概可以猜得到，這件事跟「尤哈斯金融控股公司」有關，地點又是在醫院，肯定跟股票漲跌無關。

眼睛紅腫的凱恩・尤哈斯在醫院公關、專屬醫療團隊主治醫師和律師的陪伴下，低著頭緩

緩走進會議室，現場終於安靜下來。坐定後，凱恩・尤哈斯謹慎調整好呼吸，調整麥克風角度，左手緩緩從西裝外口袋裡拿出一份事先準備好的稿子。

『在這裡宣布一件令人傷心的消息，』他擦了眼淚，深呼吸後繼續說道：

『我父親上午在會議室裡突然暈倒，緊急送醫院後，醫師宣布到醫院前已經死亡。詳細狀況等一下醫院的公關室和醫師會說明。』他的聲音表情極盡哀傷，再深深吸了一口氣後繼續說：

『在這裡同時要宣布一個令人遺憾的消息，我個人代表父親利奧・尤哈斯向維克・柯斯塔醫師提出告訴。罪名是：蓄意謀殺。』

『什麼？！』現場的記者們個個嘴巴張得大大，全呆住了。

『明天早上律師就會提告，詳細狀況我不方便多說。要說的我全都說了，容我先告退。謝謝大家。』說完後凱恩・尤哈斯立刻站起身來，在律師的陪伴下往出口方向移動，接著轉身走出門口。意思很明顯，他並沒有要接受媒體提問。

『請問醫師，整個送醫過程是怎樣？』

『我在十一點左右接到凱恩・尤哈斯通知，尤哈斯先生在會議進行中昏倒，請醫療團隊準備。送來醫院的時候尤哈斯先生已經沒有呼吸心跳。有嘗試急救，但完全無效。初步判定是猝死。因為家屬堅決提告，真正死因要由法醫解剖後才能判定，最後結果要等調查之後再由檢查官跟大家說明。』路西恩・馬丁醫師緩緩道來。

『尤哈斯先生不是有慢性疾病嗎？這是不是導致他猝死的原因？』

『關於尤哈斯先生生前的病情，因為牽涉病人隱私，恕我無法說明。』

『維克‧柯斯塔醫師是不是有幫尤哈斯先生做過治療？』

『據我所知，尤哈斯先生並沒有接受過柯斯塔醫師的治療。我們醫院有專屬的醫療團隊幫他看診、檢查、治療。』

『柯斯塔醫師是醫療團隊的成員嗎？』

『不是。他甚至不是我們醫院的醫師。』

『那麼，尤哈斯先生的猝死和柯斯塔醫師有什麼關聯？他為什麼要告他？』

『這個要問凱恩‧尤哈斯先生。提告是他和律師決定的。我只比大家早五分鐘知道。』

『尤哈斯先生真的是在公司的會議室中過世的嗎？』

『根據凱恩‧尤哈斯的說法，是的。凱恩‧尤哈斯也說，一起開會的同事可以證明這件事。』

『尤哈斯先生最近身體狀況不好嗎？』

『沒有不好。飲食、活動都很正常。應該說，偶而會感冒，但沒有什麼大礙，他也沒有心臟方面的疾病。上個星期才來醫院做例行性檢查，一切都很正常。我也沒有辦法解釋為什麼會突然發生這種事。』

既然是猝死，柯斯塔醫師又要用什麼方法《蓄意謀殺》他的父親？記者們除了忙著問醫療團隊，也彼此詢問，就怕漏掉了什麼，現場比記者會開始之前還要混亂。可以預料，這場又短又令人震驚的臨時記者將會是各媒體今晚最發燒的即時新聞。

# 3

為了《代理孕母》這個議題，從上星期三以來一直忙著拜訪醫生、訪問代孕母親與需求方的伯格剛完成代孕母親的訪問，由小巷轉進大馬路就看到一堆人擠在有對外電視牆的店家窗戶旁邊看新聞。伯格好奇，湊上前去。

『利奧・尤哈斯先生死了？』狀況外的伯格問了站在旁邊的老先生。

『是的。兒子開記者會宣布死亡的消息，而且還提告了一位醫師。』

『怎麼死的？』

『醫生說是猝死的。』

『既然是猝死，那為什麼要提告？』

『不知道。連他的主治醫生都不知道。』

『被告的醫生是醫療團隊的成員嗎？』

『一起開記者會的醫生說，被告的醫生甚至不在他們醫院工作。真是怪，那跟他有什麼關係？』

就在這時候，伯格接到總編輯西恩・莫爾納打來電話。

『看到新聞了嗎？』

『利奧・尤哈斯的新聞？只有一小部分，我剛問了路人。』

總編輯把記者會的內容跟伯格大概說了一下。

『我覺得不太合理。開了記者會，又不接受提問。我曾懷疑是不是為了炒作？不過我認為他們公司知名度夠響亮，並不需要拿死人操作議題，那被告的人多無辜。』

『你覺得有內情？』伯格反問。

『依照這記者會看來，他們不願意透漏更多的細節，如果願意，凱恩・尤哈斯就會留在記者會上接受提問。我剛剛打電話問過電視上的那位律師，詢問這兩個家庭或個人是不是有私交？律師說沒有。律師證實明天就會提告，就跟記者會上說的一樣，但沒有透露任何提告內容。』總編輯繼續說道：

『我們都再想想，明天編輯會議可以提出來討論。』

『好的。』伯格掛了電話。

走進常來用餐的餐廳，挑了可以看見電視螢幕的位置。點餐後的等待時間伯格的眼睛都沒離開過電視。可以這麼說，今天的晚餐是配著新聞一起吃的，除了自己點的主食以外，前菜、甜點、飲料都是今天最具話題性的新聞，新鮮上菜。用完餐之後，他試著回想自己對利奧・尤哈斯有限的認識。他不是財經記者，但是在這個國家大概只有還沒受過教育的孩童不認識他。雖然不是首富，也算財富巨擘。

現年八十五歲、人稱《財經大帝》的利奧・尤哈斯成長於中部梅洛斯地區，大學就讀財務管理。畢業後獲得家族奧援在家鄉開了投資公司，賺錢之後便將公司版圖往西部沿海的楓城發展。九〇年代事業開始飛黃騰達，規模擴大成尤哈斯金融控股公司，事業版圖跨橫跨銀行、壽險、證券等領域。富比士曾在二〇一八年估算，他的個人財富淨值至少120億美元，在世界百億富豪之列。

『可以麻煩你換個新聞台嗎？謝謝。』伯格請服務人員轉台。

『很令人震驚的新聞！』服務人員對著伯格說。

『哪一個比較令人震驚？尤哈斯先生的死？還是被告的醫師？』。

『尤哈斯先生的死。我比較好奇的是，遺產有沒有事先規劃？』服務人員幫忙轉台後就去招呼其他客人。

當他準備搭捷運回家時經過一家大型書店，路上的群眾同樣擠成一團盯著玻璃窗內的電視機，各種即時新聞在電視螢幕最下方跑過。尤哈斯金融控股公司發出聲明稿：所有的陰謀論與八卦都是不實的謠言。伯格心想，是什麼樣的陰謀論？

很久沒逛書店的伯格乾脆走進書店。網路購物太方便，他已經不記得有多久沒逛書店，更不知道現在書店都怎麼擺放書籍，是依照人物、出版社、還是暢銷程度？從哪裡開始找呢？

書店真的太大了，他沒時間閒逛，問了店員，終於找到傳記區。令他驚訝的是，真的有這麼多各類名人傳記被擺上書架銷售，有馬奎斯、賈伯斯、切・格瓦拉等世界名人傳記。再往左邊移動，看見部分國內商業人士、政治人物的傳記，他懷疑真的有這麼多人愛看傳記。他認為，商業巨擘或政治人物的傳記，三分真實、七分杜撰才是這類傳記的真面目，成功的故事往往被美化過了頭。

終於看到幾本有關利奧．尤哈斯的傳記擺在書架上。每一本都拿下來翻一翻，直到取下最厚的那本。翻開內頁照片，從幼年黑白照、求學、結婚、妻子、孩子、到總裁時與各級主管的照片，傳記封面上還寫著，這是唯一一本主人翁授權所寫的傳記。再翻回前面看書籍大綱，目光掃過共有十二個章節的目錄。伯格拿著書走到櫃台結帳，然後步出書店。

今天回到頂樓小公寓時已經過了十點。

進門後立刻打開電視同時打開電腦。新聞頻道還在喋喋不休談論利奧．尤哈斯。伯格手拿遙控器，拼命轉台，都是已經看過的新聞。即使一個完全不認識富豪的人，只要把當天各大媒體的新聞去蕪存菁，就能在一夜間看盡他一生的全貌。一個傳奇人物很容易就能塞滿新聞版面。

關了電視，走進浴室沖了澡，換上T恤和短褲，感覺神清氣爽多了。坐上沙發將身體往椅背靠，又把和總編輯的對話從頭想了一遍，更讓人想不透的是，怎麼會有人這麼大費周章去殺一個八十五歲老人。

伯格從沙發上站起來，走到電腦前，想看看回家路上看見媒體說的陰謀論是關於哪些事。

伯格打開 Google 搜尋引擎，打入「利奧．尤哈斯」＋「維克．柯斯塔」＋「生物科技」三個關鍵字。

最熱門轉載的陰謀論非《明日報》的即時新聞莫屬。標題寫著：《死亡，一切都和錢有關！》。該報提到，接到曾經任職於尤哈斯金融控股公司前員工爆料，利奧・尤哈斯大約在五年前曾經想跨足生物科技領域，並讓集團高層邀請柯斯塔醫師前來掌管實驗室，集團高層和柯斯塔醫師曾有過協議，但因利益談不攏，柯斯塔醫師反悔，《一切都和錢有關》。

《中訊報》加碼。由於想跨足生物科技領域不成，於是提告柯斯塔醫師以便製造股市動盪。當創世紀科學公司股票持續下跌，尤哈斯金融控股公司便可以低價購入股票。報導還特別酸溜溜地說，直接收購比自己新創一家科技公司更快、更有效率。

翻過幾頁後發現一個標題寫著：《尤哈斯總裁看好生物科技在未來的表現！》。這是五年前《財訊》的一則舊新聞。內容提到尤哈斯看好生技公司前景，便以個人名義買了幾家生物科技公司的股票，其中一家就是創世紀科學公司。

在平常，這實在不是什麼了不起的新聞，重點在尤哈斯購買創世紀的股票與蓄意謀殺之間有無關聯?對伯格而言，這則舊新聞值得特別註記。

除了這幾則，還搜尋到莉亞・尤哈斯與維克・柯斯塔的八卦。《花邊線上雜誌（Gossip on Line）》標題下得謹慎《落花有意流水無情》。報導以幸災樂禍的口吻敘述，柯斯塔醫師風流倜儻，交往過的名媛千金不在少數，其中有一位小姐便是尤哈斯的小女兒莉亞。但是兩人交往不久即分手，千金傷心欲絕。做父親不捨女兒心碎，於是交代要家人對柯斯塔醫師提告，讓他身敗名裂。此報導還附上一張兩人一起用餐的照片。

伯格笑笑，心想，這世界永遠有足夠多的大嘴巴可以把消息透露給新聞媒體。拿起手機發訊息到【醫療群組】：

**「明天早上九點半。討論富豪之死可能的《陰謀論》。」**

伯格起身活動筋骨，身體稍微放鬆後又坐回椅子，繼續上網搜尋，他特別把焦點放在事件的另一位主角身上，柯斯塔。鍵入關鍵字「創世紀科學公司」+「柯斯塔」。

柯斯塔個人資料少得可憐。他的名字大部分都出現在「創世紀科學公司」相關的搜尋網頁裡，但是頻率也不是很高。

大名鼎鼎的大藥廠創世紀科學公司，是生物科技、化學工程領域畢業生最喜愛的夢幻公司之一。關於公司的新聞資料很豐富，在有新藥發表的時間點，創世紀幾乎上遍各家媒體。除此以外的新聞，大部分是公司介紹、財務年報、人才招募、新藥發展、股價波動、或者是經營理念的報導，不勝枚舉。

大概翻了十幾頁之後，才看到一條比較吸引他眼球的新聞，是《獨立新聞》兩年前的一篇報導，《黑衣竊賊，夜闖創世紀科學公司失手！》。新聞提到，深夜遭竊賊入侵，柯斯塔醫師研判和新藥正在申請專利有關。這是目前搜尋過程最顯著的收穫，伯格仔細閱讀這條新聞。

伯格推斷，闖藥廠的目的只有二個，一是為了「舊配方」，二是為了「新藥」。突然間他腦中有個念頭飛過，感覺像薄霧瀰漫又像是有人在他耳邊低語。這些年採訪所累積的經驗，讓他學會相信直覺，他還不知道這個直覺意味著什麼，不過他有預感，往事或許值得探查一番。

再翻過兩頁，又看到另一則德盧卡醫療集團發布的新聞稿，將和創世紀科學公司合作已經開發的新藥，共同為有需求的民眾服務，但沒多久就遭創世紀科學公司否認。創世紀科學公司發言人說，由於新藥正在申請專利與申請臨床試驗，目前還在規劃和所有醫療集團的合作模式。等事情有著落，自然會公布。

這是他早就知道的舊聞，伯格還記得雜誌社曾經規劃要深入報導這則新聞。過了一陣子，雜誌社沒有討論是否繼續追查，也沒有媒體繼續追查。

這兩則新聞和《蓄意謀殺案》一點關係也沒有，不過他還是紀錄了摘要。接著連翻幾頁，都沒看見有趣的標題，最後累了，關了電腦。

睡前剩下的時間，伯格想仔細閱讀回家前買的利奧・尤哈斯傳記。先翻閱照片部分，某些黑白照甚至可以回溯到尤哈斯的父母親，小時候的尤哈斯被母親抱在懷裡；還有在公司逐漸壯大的各個階段與各級員工的合照。接著來到現代，許多照片記錄著尤哈斯和達官顯要關係良好，照片中的他們，不是把酒言歡、握手致意、就是愉快交談，而這時候的尤哈斯顯然已經老了。

接著看傳記的文字敘述，直到想睡為止。把傳記放在床頭櫃上，關掉閱讀燈，即使睡意襲來，蓄意謀殺始終在伯格的腦袋縈繞。

柯斯塔真的殺了利奧・尤哈斯嗎？如果真的，要怎麼殺？

犯罪現場有沒有及時封鎖?要不然如何找到謀殺的微物證據?

為了什麼?金錢、股票?仇恨、報復?

陰謀論真的存在嗎?

檢查官會很快採取行動嗎?

在這樁充滿懸疑的新聞事件裡,有《不在場的嫌疑犯》以及《猝死的受害者》,還有完全看不出是什麼動機的《刑事提告》。伯格完全沒有辦法把整個事件兜在一起。

# 4

## 五月十三日　星期二

### 終極新聞雜誌 (The Ultimate Magazine)

終極新聞雜誌社發行人哈維・溫西尼爾與總編輯西恩・莫爾納相信，只要是商業投資的媒體、出版業終究會墮落，不論創立者一開始懷抱多大的理想。

當幕後金主有了資金問題或商業、政治利益考量，底下的人，你要嘛乖乖聽話，要嘛捲鋪蓋走人。現實、理想與道德會決定你的去留。尤其是當自己被一手創立的報社開除，哈維・溫西尼爾與西恩・莫爾納兩人最能體會這種屈辱與不堪。

二〇〇六年，哈維・溫西尼爾與西恩・莫爾納在沃爾高(Varga)金融集團的支持下，成立了明日報(Tomorrow Daily)，除了報紙，雜誌、書籍也是明日報涵蓋的業務範圍。

二〇〇八年金融海嘯，金主沃爾高(Varga)金融集團受到嚴重衝擊，再加上媒體環境改變，在沃爾高金融集團的牽線下，由菲克特(FEKETE)服飾集團收購接手。明日報被收購後，接收的集團新高層立即插手人事與新聞內容。不但精簡三分之一人力，同時擴大《廣編新聞》的篇幅。

二〇一四年底，總編輯西恩・莫爾納抗議政治性置入性行銷氾濫，但是上層不予以理會，還說這只是報紙得以存續的手段之一。

二〇一五年，就在新年前夕，高層以「經營不善」為由開除哈維・溫西尼爾與西恩・莫爾納。

二〇一六年，哈維・溫西尼爾與西恩・莫爾納大動作開記者會宣布成立《終極新聞雜誌》，同時發布藉由群眾募資籌措資金，呼籲大眾，如果不想被其它媒體牽著鼻子走，就請支持他們。記者會上同時說明當初兩人被明日報開除的真正原因，主要是因為上層人士的政治傾向，他們兩人因為不滿該政黨過度置入性行銷而大量抽掉該政黨的報導，因此才得罪上層遭到開除。

『作為媒體，客觀、真實、公平是最基本的。』西恩・莫爾納這麼說。

隔天，明日報特別在自己報紙頭版刊登新聞稿予以駁斥。

終極新聞雜誌的創立資金，一開始由群眾募資而來，包含後來陸續加入訂閱的讀者，全都是幕後的老闆。**《我們是讀者花錢雇用的真相挖掘者》**是雜誌的座右銘。

雜誌社不追捧獨家或快訊，而是維持每週有數篇深入報導。為了節省支出，不發行紙本，只透過網路閱讀。

早上九點半，總編輯莫爾納一走進會議室，

『我們沒接到採訪通知嗎？』編輯會議上傑森・拉伊爾第一個開口。

『有收到醫院公關室發的採訪通知，但我沒有通知大家。藥物濫用、愛滋病防治、代理孕母這些議題已經讓大家忙翻了。再說收到通知的當下也很難決定這個新聞該歸類在哪一組。』莫爾納坐下後眼睛掃視組員說道。

『我覺得應該歸類在【社會組】會比較合適。』伯里斯．納吉說道。

『理論上是。不過，最後決定找你們開這個會議有二個原因，一是猝死，二是醫生身分，兩者都和醫療有關，先排除政治財經組。』

『雖然死亡、謀殺應該歸類在社會新聞，但是醫療團隊宣布的是《猝死》，又怎麼可能跟謀殺有關？所以也排除社會組。』

『另外，醫藥組曾經製作過《猝死》專題。』

『綜合以上理由，我認為先暫時把這個事件歸類在【醫藥組】比較恰當。』莫爾納一口氣說完他決定由哪一組接手的理由。

醫藥組記者中，傑森．拉伊爾的資歷僅次於伯格，是個經驗豐富的醫藥記者，也是四人之中最幽默風趣的一位。艾倫．傑林最年輕而且生氣勃勃，當其他人都被折磨到快掛掉，他總是說年輕就是本錢。而伯里斯．納吉雖然只長艾倫．傑林兩歲，看起來卻老成許多，也是醫藥組裡最憤世嫉俗的人。

『放輕鬆。**我們先假設謀殺案真的存在**。你們怎麼看。』等大家都恢復正常坐姿，莫爾納清了清喉嚨問在座四位記者意見。

『真的不敢相信會有這種事情發生。』

『什麼事？謀殺、還是提告？』

『都是。為什麼是柯斯塔，而不是其他醫生？』

『柯斯塔冒這個險，對他有什麼好處？』

『對一個默默無聞的醫生，殺掉一個富豪，正是成名的好時機。』

『誰會想利用殺人成名？你有這樣的想法真的很可怕。』

『殺人可能基於報復或仇恨。』

『律師也說他們之間沒有私交，那哪來的仇恨！』

『或者更單純，殺人牽涉到一大筆錢或者一樁買賣。』

『或許是一項更縝密的陰謀。』

『你是在暗示這件殺人案是陰謀？』總編輯皺著眉說道。

『如果真的殺人，未免也做得太乾淨俐落了，除了屍體，一點線索也沒有。』

『如果真要這麼牽強，每個人都有嫌疑，而不只是柯斯塔了。』

『沒有任何跡象顯示柯斯塔和這件命案有關，這才令人好奇。』

『如果這真的是一樁謀殺案，想靠這些畫面找出蛛絲馬跡，也只是牽強附會。』

『我也這麼認為。這個世界沒有完美的犯罪，會議室現場那麼多人，那麼多雙眼睛在看，不可能漏掉什麼。況且《犯罪現場》如果有不正常的地方，他們早就報警處理，輪不到我們在這裡扮福爾摩斯。』

『他們今天提告了，不是嗎？』

『檢查官會去逮捕柯斯塔醫生嗎？』

『又不是現行犯，要如何逮捕？』

大家輪流說了自己的想法之後，現場一陣沉默。

每次開會，總編輯會吞下每一個句子，然後牢記不忘，他是個令人敬佩的上司。

『再來，我們繼續討論**柯斯塔和利奧・尤哈斯可能存在什麼關聯**。』總編輯看著大家說道。

『富豪是不是有去診所看過診？要不然跟柯斯塔醫師有什麼關係？』

『尤哈斯先生有專屬醫療團隊，不需要到別的診所看診。診所的醫療設備比醫院簡陋得多，藥物也沒醫院充足。』

每個人又開始運用自己的想像力當起警探辦案。

『柯斯塔醫師除了有自己的診所，他同時也是創世紀科學公司的實驗室主任。創世紀公司主要的研發生產內容包含藥物、針劑、生物試劑等等。』伯格翻著資料繼續說道：

『藥品和針劑上市之前是需要經過人體測試的。會不會跟這個有關？』

『我不覺得富豪會願意當白老鼠。』

『同意。四年前尤哈斯先生就已經有視力衰退與活動力減緩的跡象，讓他參加第一階段只關於藥物安全性測試根本不可能。』伯格說道。

『即使自願，也該是第二階段的臨床測試。』艾倫・傑林補充。

『為什麼不可能，當一個人想好好地活下去，什麼方法都願意嘗試。不過，我相信他的醫生一定會反對。』靠著椅背、雙手交叉在後腦勺的拉伊爾癟著嘴說道。

『在正規醫療無法治癒的時候，很多民眾會嘗試另類療法。這時候，醫生往往是最後知道的那一個。』傑林正在發展病態的想像力，看著拉伊爾同時拉高聲音回應。

『要給尤哈斯試吃未上市的藥或打針劑的機率很小，除非是他「自願」的，否則柯斯塔根本不可能接近他。』

『沒錯。問題是，柯斯塔可以從這個事件得到什麼好處？名利、股票、遺產？如果什麼都沒得到，還被告蓄意謀殺，真是倒楣！』眼看說這話的納吉快要按奈不住。

『公司發言人在幾年前就已經公開宣布新的接班團隊，可是他是在會議中昏倒，很顯然他有參加會議的體力與腦力。』伯格說道。

『這難道又是所謂的《密室懸案》？』

『你也幫幫忙。』傑林對著拉伊爾翻白眼。

從頭到尾都閉著眼睛、雙手托著額頭低頭傾聽的總編輯，因為『你也幫幫忙。』這句話笑了起來。

全新議題的編輯會議往往都是從這樣開始的。不論有根據、沒有根據，提出來只為激盪出另一個看法。每個人有各自的依據和想像力，無厘頭的討論對毫無頭緒的新聞事件是件好事。

『創世紀科學公司意外扯入這樁蓄意謀殺案，倒是給了我一個想法。兩年前我們曾經討論過要不要追創世紀與德盧卡集團合作的新聞。我們再把這件事拿出來詢問他們任何一方，怎麼樣？』伯格想聲東擊西。

『你說得沒錯，我也很想知道這個合作案為什麼會破局。不過，先等這樁《蓄意謀殺》告一段落，我們再來討論。』莫爾納繼續說道：

『現在的問題是，假如有任何人知道一些事情，那他早就爆料了。所以這件事到目前為止應該已經走入死巷。』

『謀殺案每天都在發生，這件為什麼不一樣？』傑林頭也不抬地問。

『最大不同是，死者是商業巨子，兇手是醫生。一個是大費周章開記者會又不接受提問，一個是打死不出來說明，雙方都大搞神祕，這才是最詭異的地方。』莫爾納拉回到前面的話題，帶著不以為然的口吻繼續說：

『自從謀殺案發生以來，看看新聞界的姿態就可以知道，很多報導很殘酷，絲毫不留情面，想要對柯斯塔落井下石的人滿街都是。儘管死者屍骨未寒，新聞界各路人馬已經為了吸引大眾的目光而動作頻頻，一個又一個令人無法忍受的言論爭相出籠。到目前為止，至少出現五個以上的陰謀論。』莫爾納苦笑：

『昨天我打電話聯絡原告律師，他只說，只有法律才能把個人情緒降到最低，不會淪為口水戰。【法律是必要之惡】。』

『假如有一件事是我敢肯定的，那就是這事件不是偶然發生，臨時記者會顯然是有備而來，凱恩・尤哈斯不接受採訪也是刻意安排的。』莫爾納搓搓太陽穴繼續說道：

『最奇怪的是，柯斯塔為什麼不出面解釋？』

『或許他已經跑去躲起來了？』

『我認為他現在應該還留在城內，如果他跑去躲起來，不就坐實了蓄意謀殺的指控？』

總編輯平常不大理會淺顯易見的事件，愈是神祕案件他愈有興趣，只要案件有露出一絲一毫的爭議性，他就會握緊拳頭衝進戰場。

『我認為柯斯塔也想用法律途徑解決。現在分頭去找他。但是不要待期他會說什麼，主要是看看他的反應。先看看能不能找出蛛絲馬跡，再決定是不是要繼續調查。』莫爾納深呼吸後繼續說道，

『沒有人是透明隱形的，如果他還在這座城市裡，一定可以找得到他。傑森去診所，唐去創世紀。另外你們兩個外出查訪，想去哪兒都行。』

收拾好桌上資料的伯格跟著莫爾納走出會議室。

走向停車場的柏格想知道其實很簡單，如果真的有謀殺案，柯斯塔是如何做到的？如果沒有，嚴重的控訴為什麼沒能讓柯斯塔出面說明？

# 5

創世紀科學公司所在地是棟五層樓高的白色建築，在稍稍偏離一號高速公路的科學園區裡。在美達這個城鎮，也同時聚集不少科技公司，從製藥業、生技產業，到通訊、資訊，甚至有很多大型的企業總部都設在這裡。

公司建築兩側種了兩排高大的大王椰子樹和修剪整齊且茂密的灌木。前後是停車場。旁邊也有不少建築物，但從五樓落地窗看出去，視野寬廣，也能見到遠方交錯的高速公路。

當伯格逐漸靠近創世紀科學公司，就看見一堆記者站在樹蔭下，也有人在停車場徘徊。駛進停車場，他看見都市晚報、中央通訊、TVB新聞、真相產業報、每日新聞、今日快報……，每位記者臉色都不輕鬆，大家應該都沒能訪問到柯斯塔。不過，他想知道這些記者們如何看待這件事。

伯格停好車，他看見中央通訊社的記者萊恩・亞契友善又尷尬地跟他打招呼，他是伯格大學新聞系同學，剛畢業時兩人曾經共事一年多。於是他放慢腳步。

『好久不見。』伯格先開口。

『好久不見。我猜你也是要來訪問柯斯塔。在場的每位記者都被拒絕。所以，你大概要死心了。』

『我還是想試試看。』

『不要抱太大的希望。』

『好吧！我會抱著當砲灰的心態試試看。』伯格真的這麼覺得，然後繼續說道：

『對這件事，你有什麼看法？』

『完全沒有頭緒，而且不合理。』

『早上編輯部開會討論也抱持相同的想法。我先去看看柯斯塔願不願意接受採訪，回頭我們再聊。』

說完，伯格轉身離開，走向大門警衛區。

『請問你是？』

『我是唐・伯格，終極新聞雜誌記者，想要採訪柯斯塔醫師。』伯格遞出名片同時說明來意。

警衛打電話到秘書處詢問是否願意接受採訪，要伯格在旁邊等候回覆。

創世紀這幾個厚重的銅字就鑲貼在警衛身後的那面矮牆上，伯格努力裝出一付若無其事的樣子。

柯斯塔如果早上沒有約診，通常就直接進公司，和佩德碰面討論之後再回到診所。如果早上有約診，會在看完診之後才進公司。他們除了討論最新研究或新藥進行概況，也會根據市場現況交換意見，業務是佩德的管轄範圍，他只負責實驗室。

今天只有他在辦公室。佩德上星期到國外出差，二星期後才會回來。一早接到佩德的電話，兩人在電話中吵起來。

『不要在電話裡爭執，等你回來再說。』站在落地窗前的柯斯塔一手拿電話，同時看著外面停車場大群的記者。

掛了電話，把手機放入外套口袋。柯斯塔在落地窗前站了好一會兒，望著窗外的神情讓人難以捉摸。沉思之後，走回去坐在辦公桌前。

當柯斯塔在辦公桌前專心地看著實驗進展報告時，秘書敲門。

『有位終極新聞雜誌記者想拜訪你。現在一樓警衛區，你要見他嗎？』

『終極新聞雜誌？』柯斯塔想了一下，然後對秘書說：

『麻煩妳請他上來，謝謝！』

柯斯塔把進行中的實驗報告收進抽屜鎖好，把鑰匙收進外套口袋。然後走到會客區沙發坐下，好整以暇等待訪客。

終極新聞雜誌，寫過很多令人驚艷的報導。據柯斯塔所知，他們並不追捧即時新聞，難不成他們也已經成了追尋血腥的媒體？

登記了姓名、資料，拿證件換了通行證，警衛手指電梯位置，同時告訴伯格直接上五樓，電梯開門之後右轉直走到底。秘書會帶他進去。

伯格搭電梯上樓時微笑著，心想今天運氣真好，他竟願意見我。不錯，是好的開始。他從郵差包拿出錄音筆，按下錄音鍵，放入外套口袋。

電梯開門，秘書就在電梯口等他。伯格吃了一驚。

『對不起，公司不喜歡帶著訪客名牌的陌生人到處亂晃。尤其是記者。』秘書跟伯格道歉，就怕他心裡不舒服。

『沒關係。我可以理解。』

在經過的走廊上，伯格看見到處掛著警告牌，不同辦公室門上貼有不同的警告標語：未經許可，不得入內。非工作人員，不得入內。小心危險。秘書說不喜歡陌生人到處閒晃，顯然並不是針對他。

他們是小心謹慎。如果不是專門研發有專利的藥物，也不需要擔心機密洩漏。如果是他，他會直接寫上《禁止所有訪客》。伯格想起了那則舊新聞：《黑衣竊賊，夜闖創世紀科學公司失手！》。對竊賊來說，任何警告標語都起不了作用。

秘書敲門後直接轉動門把。

『這位是伯格先生。』

『謝謝。』伯格對著退出辦公室的秘書說。

柯斯塔站起來向前走了一步，等伯格走向他，伸出他的右手。

『你好，我是唐・伯格。很多記者在找你，我是其中之一。』伯格握了握仲向他的那隻手，放手後立即從口袋拿出名片遞給柯斯塔。

他的打扮很酷。深灰色毛呢休閒外套、白襯衫、不打領帶、長度僅到腳踝的九分休閒褲、不穿襪子，完全一付時尚自由派的學院裝扮。柯斯塔看起來清瘦，矯捷，大約五十歲。冷酷的五官，醒目的輪廓，有著健康的膚色，襯得配置得宜的淺棕色眼睛更加出色，還有一頭亂中有序的黑髮。額頭、眼角上有一些皺紋，留著幾天刻意不刮除的短鬍子。嚴肅的眼神配上稍嫌削瘦的線臉部線條，讓人無法捉摸他的內心。不是俊男，但算得上是個迷人的傢伙。

『請坐。放心，我不會咬人。』柯斯塔一開始就展現善意。

伯格在柯斯塔對面的單人沙發上坐下來，看起來誠實而自信。

『有人認為你出城去躲起來了。』

『為什麼要躲?我又沒做壞事，如果真的殺人，你今天也不會在這裡了。況且，總不能別人一提告我就跑去躲起來，我有自己的生活要過呢!再說，如果一提告就跑出城，我可以預見這座城市很快就會變空城。』

『也是。』伯格笑了笑回答。

『只要在城裡，很難不被發現。即使沒有機會說話，躲在車裡也看得到我進出診所、公司。記者們不是很愛幹這種事嗎？』

『這是我賴以維生的方式，整天四處挖掘打探。真的謝謝你願意接受採訪。』伯格不否認，他確實常幹這種事。

『不必謝我，是因為雜誌社的好名聲才讓我想見你。』柯斯塔眉開眼笑。

『你是我們的讀者？』伯格口氣雖然驚訝，卻是掩不住開心。

『是。不過我沒用本名註冊。你們的《器官移植》報導讓我印象非常深刻。』

『謝謝。我們會朝著更好的方向努力。』

『名片上沒有你的名字！』

柯斯塔翻看著正面只印《終極新聞雜誌　醫藥組》，下面是雜誌社網址，背面印《我們是讀者花錢雇用的真相挖掘者》的名片。沒有名字、沒有地址、沒有電話。

『很抱歉，我只有這款名片，純粹用來證明我是來自雜誌社，大家共用一款，有需要的話，自己填上姓名電話就可以了。』

『真節省。』

『我們拿讀者捐贈、訂閱的費用支付薪水，能省則省。』

『讀你們的每一篇文章，最後都只有署名【編輯室】，連照片都沒放。你現在會坐在這裡，純粹是因為我很好奇，想看看幽靈長什麼樣子。』

『謝謝。雜誌社沒有要塑造個人英雄。雜誌社不是賺大錢的生意，但是還能打平，讀者的訂閱也很穩定。』

『我相信你今天來找我應該不是要告訴我雜誌的發行量還有讀者的屬性。』柯斯塔為這次訪談起了頭。

『當然不是，我也是出於好奇。被告《蓄意謀殺》為什麼不願意出來澄清？』

『為了讓出更多的空間給檢調單位。我出來澄清，一定只會說我是無辜的，不然我還能說什麼？出來告訴大家《我是無辜》的，你們就會買帳嗎？』

『我們會以開放的心胸聽你的解釋，不受偏見影響。』伯格突然收起笑容，一臉認真看著柯斯塔。

『你們一定覺得尤哈斯先生的死因可疑，不然為什麼要追查？或者拜訪我的目的只是因為我現在還有新聞熱度？到目前為止，我應該還算很有新聞價值。』柯斯塔露出一種莫測高深的笑容。

『關於《死因可疑》這件事，我認為你是對的。』這麼直接的問題讓伯格毫無防備，只能傻笑：

『坦白說，這整件事讓人覺得怪！』

『或者，建議你去訪問凱恩・尤哈斯先生，他是原告。』看著伯格的柯斯塔，說話口吻轉為嚴肅。

『要在別人面前談論為什麼被告是一件很不名譽的事。當然，莫名其妙被告是另一回事。關於被告一事，你擔心嗎？』

『一點也不。如果我自己都不擔心，你們又為什麼要擔心呢？』

『關於提告的新聞已經演變成各式各樣陰謀論，這樣的氣氛到處瀰漫，相信你都能聞得出來。』

『這麼說吧！尤哈斯先生和我沒有任何交往，我也沒買他們公司的股票，一般人卻很愛把陰謀論跟股票、金錢扯上關係。』

內心如果遭受重大衝擊，臉上肯定會有痕跡，柯斯塔一點也沒有。今天的訪談肯定不會有結果。

柯斯塔從椅子上站了起來走向落地窗前，雙手插在口袋，鼓起胸膛，深深吸一口氣，一副隆重的姿態：

『陰謀論既複雜又缺乏證據，完全不符合簡約原則，這不是我處理事情的方式，可以簡單就不要複雜。』

『你的意思是，當大家都不願意說實話，法律就是最簡單的方法？』

『應該說，當大家都有所顧忌，走法律途徑不一定最好，卻最簡單。當律師出現的時候，大家通常會知道情況一點也不樂觀。』柯斯塔邊說邊在落地窗的兩邊來回不停地走來走去。

『你是被告，法律可以幫你什麼忙？』

『所以你相信蓄意謀殺是真的？』

『我不知道。』

『如果是真的呢？』

『那問題就很複雜了。』

談話過程中伯格並不認為柯斯塔在抵抗探究。如果他是兇手，那他肯定是屬於犯罪學所說的，鎮靜、從容不迫《心思縝密的兇手》。

『我們針對尤哈斯先生的死亡提出一些瑣碎的觀點。』

伯格從柯斯塔的眼裡看見一絲閃爍。

『即使我是醫生，也不可能到處殺人。你認真想想，還有比診所、醫院更適合做掉一個人的地方嗎？』

這句話滲入柏格腦海。

『我絕對相信醫生比任何人更適合當殺手。』伯格笑了笑說道。

『很高興你認同。但是有個先決條件，他們得先進入我的診所才行。』

『也是。』

『尤哈斯先生是猝死，你可以去問任何醫生，猝死怎麼回事。』

『我明白猝死是怎麼回事。關於被告，你有委屈嗎？』

『法律會決定我有沒有委屈。』

柯斯塔終於說了讓伯格豎耳傾聽的話。

『如果我們可以找到蛛絲馬跡，希望你會願意針對這件事再次接受我們的訪問。』

『沒問題。所以你們已經準備放手去追這條新聞了？』

『還不知道，下午開會決定。』伯格搖頭。

『祝你好運！』柯斯塔跟伯格握手道別。

來到停車場，萊恩・亞契走向伯格，其他的記者也靠了過來。

『你們聊了什麼？』

『關於蓄意謀殺事件，他什麼也沒講。他也說，陰謀論都不是事實。』

『你在開玩笑吧？別這樣嘛！你至少進去十分鐘。』亞契勉強保持鎮靜。

『是真的。他也談到他對現在新聞報導的看法。就這些了。』伯格微笑說道。

『所以，你們打算繼續追查？』

『我們可能放棄追查。』

『你不寫今天的訪談內容嗎？』

『應該不會，即使我想寫點什麼，總編輯也不會同意。』

『好吧！謝謝你提供的消息，我回去問總編輯的意見。』伯格點頭，然後跟亞契道別。

直到回雜誌社，他還在想那句『法律會決定我有沒有委屈。』。

下午三點。

探索診所以及附近的社區，一向都是個安靜優雅的地方，平常除了前來看診的病患，很少會有人在這裡逗留。現在因為《蓄意謀殺》事件，這地方突然成了觀光景點，不時有好奇的群眾開車前來指指點點、拍照、打卡。

拉伊爾從離開雜誌社之後就守在這裡。醫護說柯斯塔醫生下午三點半有約診，但不知道他什麼時候會回到診所。

一群記者，還有為數比記者還多的圍觀者聚集在診所內外。記者顯然是為蓄意謀殺而來，群眾是為好奇，這個世界永遠不缺喜歡湊熱鬧的群眾，拉伊爾也看到不少記者圍在櫃檯前訪問醫護。

柯斯塔開車從公司返回診所，遠遠就看到一群人在診所前等候。當他的車子轉進停車場，還得按喇叭才能趕走佔滿停車位的群眾。停好車子，一路穿過人群，即使在行走的過程中不斷有人提問，他一直保持沉默。最後終於放慢腳步在診所門口停下來，轉身面對記者。

『柯斯塔醫師，對被控蓄意謀殺這件事是不是有比較具體的說法。』幾個記者異口同聲問他。

『哇！來了這麼多人。我真的成名了。』面對記者群的柯斯塔看起來神色自若。

『蓄意謀殺！這罪名不輕啊！跟尤哈斯先生是不是有私人恩怨？』記者群中有人喊話。

『沒有。只是提告，我不擔心。』

『你會反告尤哈斯金融控股公司嗎？』

『我想不會。』

『在公事上，你和尤哈斯金融控股公司有往來嗎？』

『等等。』柯斯塔舉起手制止，表情也在告訴大家停止發問，

『我知道大家都很關心。這件事情，並不存在私人恩怨或者所謂的陰謀論。唯一可以確定的，這是我個人的事情，和創世紀完全沒有關係。』

『問題是，你是創世紀的實驗室主任。是不是因為臨床用藥問題？』

『創世紀的臨床藥物全都經過申請，可以合法使用。每一款藥物都經得起檢驗，資訊都是公開的，你們可以去查。』柯斯塔停頓了一下繼續說道：

『我能說的都說了。如果你們想要知道更多，建議你們去問檢察官吧！我想大家就耐心等待判決結果。謝謝大家的關心，還有病患在等我。』柯斯塔說完便走進診療室，不顧等著繼續發問的記者群。

在柯斯塔回到診所之前，拉伊爾就已經收到伯格傳來有跟柯斯塔對話的簡訊。拉伊爾還繼續留在診所的目的，只想看柯斯塔在面對記者時的反應。有沒有心虛、緊張、憤怒？

混在記者群中的拉伊爾靜靜觀察，他發現柯斯塔的冷靜並不是刻意裝出來的，至少他看不

出來柯斯塔情緒有任何的起伏。或許就如同在編輯會議討論的，這件事情應該與他無關。

拉伊爾認為柯斯塔這番談話是經過設計的。他特別提到《這件事情和創世紀完全沒有關係》，他希望公司可以擺脫泥沼，這可以理解。但是《如果你們想要知道更多，建議你們去問檢察官吧！》，這句話值得玩味。

# 6

伯格回到雜誌社，組員都還沒回來。在等大家的時間，伯格打開電腦看新聞。對這事件，最新一則的影音新聞中，中訊社的記者去採訪了診所的醫護娜塔莉・格拉巴斯。

『柯斯塔醫師被告蓄意謀殺，妳有什麼看法？』

『沒有看法。他不會殺人的，肯定是被人陷害。』格拉巴斯極力為她的老闆辯護。

『為什麼妳會這麼認為？』

『很簡單，柯斯塔醫師對病人很好。』

『對病人好並不代表他不會殺人。』

『我懂。但尤哈斯先生不是診所的病人，至少，我在診所的這三年多以來，沒見過尤哈斯先生，他沒有機會拿診所的處方籤，所以不會有打錯針、吃錯藥的問題。』娜塔莉・格拉巴斯瞪著記者說道。

『他們或許有私交？』記者不放棄。

『沒聽柯斯塔醫師說過。況且他哪有什麼機會去殺他？』

『或許柯斯塔是因為其它因素而跟尤哈斯先生有所接觸。』

『這我不清楚。』

『所以他還是有可能殺人。』

『等等。就跟告訴其他記者一樣，我再說一遍。就我所知，柯斯塔醫師很熱中研究、看病。好吧！就算他過得很絕望，應該是自殺而不是殺人呀！』

這句話逗得伯格呵呵大笑。

『好，那麼換我問你。』娜塔莉・格拉巴很無奈的說道。

『請說。』記者回應。

『創世紀公司有人出來說要開除他嗎？』

『到目前為止，並沒有。』

『那就對了。他們都沒說話，你們幹嘛這樣咄咄逼人！同樣的話，我還要再說幾遍才夠啊！不要再來問我了。』說完話，生氣的娜塔莉・格拉巴斯掉頭走進診療室。

伯格拍手叫好，真是個維護老闆的好員工。

除了這個，還有郵報的記者在路邊隨機訪問了幾個診所附近的住戶。

下午四點半，終於等到組員全部回來，伯格播放了偷錄的錄音檔，拉伊爾報告了他的觀察，納吉、傑林也說了外出巡邏的結果，大家關心股票、遺產規劃更勝於蓄意謀殺。直到六點，還是圍繞在早上討論過的議題打轉。

『決定要報導什麼新聞不難，決定不報導什麼才難。但是這是今年最大事件，我認為調查應該繼續。』總編輯繼續說道：

『我認為這件事情未來還會有新的發展，因為法律訴訟還沒開始呢！但是，我們也不應該把人力全放在可能永遠都不會有答案的議題上。有沒有要自告奮勇繼續調查的，請出聲。』莫爾納用眼神詢問大家的意見。

『我們手上還有其它的議題。』拉伊爾率先發難。

『我認為不需要繼續查訪。』傑林補充。

『繼續查訪可能一點用處也沒有，這很像暗夜裡放槍。』坐在他旁邊的納吉點頭表示同意傑林的看法。

『我同意你們的論點。』莫爾納清了清喉嚨，努力想讓語氣聽起來輕鬆些。

『我也同意。但是如果你認為需要繼續追查，就由我來吧！』伯格說道。

組員們互看一眼，轉頭看向總編輯。莫爾納點頭同意。

『你打算怎麼做？』

『我想先從尤哈斯先生醫療團隊的主治醫師開始，或者是尤哈斯集團當天有參加會議的人。』伯格看著自己剛剛寫下的筆記，

『不管有沒有新的進展，我會再去查訪柯斯塔診所的病患，還有探訪診所附近的鄰居。做法還是一樣，我會完整錄音、記錄，然後回來和大家討論。如果全部斷線，那就是天意，我們也不必花費力氣再繼續查下去。』

『好吧！就這樣決定。給唐幾天的時間，如果在星期天之前找不到蛛絲馬跡，我們就結案，

除非有新的事證或者有人爆料。畢竟，這個社會還有比莫名其妙的謀殺案更值得關注的事情。』

醫療組會議結束後，伯格為明天的探訪準備照片、檔案、資料。查了幾個電話號碼，也撥了電話。不論打給誰，都沒有人願意接受訪問。伯格不管這麼多，打電話約訪只是基於禮貌和習慣，意思是明天我們終究會見到面，才不管你們要不要跟我預約時間。

下班後的伯格搭了計程車前往已經訂位的餐廳，和幾個大學讀書社團的哥兒們一起吃晚飯。他已經遲到了。

這個時間點路上總會塞車，伯格一般會利用這個時間和司機閒聊時事。

『你對目前這個《蓄意謀殺》案件有什麼看法。』

『不是已經提告了嗎?有記者去問了警察，警察說除了知道有人死了之外，什麼都不知道。』

『什麼時候說的？』

『剛剛，你上車之前。廣播說的。』

『還有另一條新聞說，他們去訪問尤哈斯公司員工，受訪的人說昨天記者會之後，上面有交代，叫大家暫時不要進那間會議室。』

『犯罪現場嗎？』

『是啊！如果大家又進去亂搞，檢查官要怎麼查？』

『這件事大概不會有任何新的進展了。』

『我也這麼認為。』

之後他們就沒再說話。

今天不是周末，塞車情況沒那麼嚴重，在沉思了一會兒，就到餐廳門口了。伯格付了車資，走進餐廳，詢問餐廳人員他們的訂位在哪兒，自己就逕往左邊走去。

『嗨！對不起，我遲到了。』伯格跟大家打招呼。

『我們以為你今天會放我們鴿子呢！』

『如果不來，會先通知你們。敢放你們鴿子，會被你們烤來吃。』伯格拿起菜單邊看邊說。

『有自知之明。我們以為尤哈斯的死會讓你們人仰馬翻。』

『是啊！這麼重大事件，你們記者們通常是很忙的。』

『沒錯，今天大家都忙翻了。既然你們提了，我倒想問問你們一般《市井小民》的看法。』

伯格笑了笑，對大家眨眨眼睛。他已決定好要吃什麼了，闔上菜單。

『呦！是喔！市井小民吶！我們當然跟記者不一樣，什麼謀殺？關我屁事！』

『我們只在乎遺產啦！要繳多少稅啦！還有股票的漲跌多少啦！』

朋友們儘量逗他開心。今晚的伯格也如預期般，被好友們逗得好樂！

『我現在很認真問你們，真的不想知道蓄意謀殺是怎麼回事嗎？』

『當然想，可是當事者都不說，能怎麼辦？只能靠檢調單位和記者了。』

『所以你們也是有好奇心。』

『當然。你們不也好奇？不然為什麼要追查？』

伯格點頭表示同意。

『我以為大家對這謀殺真的漠不關心。』

餐廳服務人員前來問大家準備好要點餐了嗎？大家依序點了自己想吃的套餐，也點了想喝的酒類，伯格點了氣泡礦泉水，作為一位記者，他負擔不起明天的宿醉與晚起。

『這件蓄意謀殺案你們有沒有打算繼續追查？』

『我個人認為不可能查出什麼來，但是我們先得確定《找不到任何東西》才會放棄。』

『你不是說真的吧？』

『他之前也常說，寧可下地獄也不去查，最後還不是去了。很多時候還真的查出了點東西呢！』

『你們都忘了嗎？學生時代，我拿了一本艱澀的書給他看，他咬著牙也看完了。還很認真跟我說書裡大概在說什麼。』

『我們只留一人繼續查，那就是我。禮拜天之前，我應該會很忙。』

『唉！當老闆有個好處，只需要發號施令，跑腿的永遠是下面的人。』

『這不正確。我們的發行人和總編輯比我們更努力工作。』

『哦！我一直認為發行人和總編輯的工作就是交際應酬呢！』

『相信有些媒體是這樣，但他們不是。』

『他們會要求下面的人跟他們一樣努力工作嗎？』

『如果不得已要加班，老闆也會陪著我們。』

服務人員為大家送來餐點。

『總之，這不關我們的事，吃飯要緊！』

他們邊吃、邊喝、邊聊，時不時傳出爆笑聲。

『我們要不要來打個賭？看唐能不能破案！』

又是一陣爆笑。於是，今晚最熱的遊戲，就是猜測伯格能不能撈到大魚。

『謝謝你們充滿豐富的想像力，這是件海底撈針的工作！』伯格自我解嘲。

『希望透過你的命運之手，可以查個水落石出啊！』

『祝你成功！乾杯！』

『乾杯！』

沒有兄弟姊妹的他在父母過世後，一有時間就會跟這些朋友一起吃飯。他希望經過今晚的放鬆，明天有更多活力帶給醫藥組有所本的好消息。從明天開始將會是個漫長又累人的一周。

# 7

## 五月十四日　星期三

一早伯格開車直接前往菁英醫學中心找尤哈斯的主治醫師路西恩・馬丁。問了一樓詢問處馬丁醫生的辦公室。伯格按照指示，先搭電梯上五樓，然後拐了好幾彎才找到馬丁的辦公室。

『妳好。我要怎樣才能找到馬丁醫生？』

『你有什麼事嗎？』馬丁醫生的秘書回答。

『我有好幾張關於利奧・尤哈斯的照片要給醫生參考，想要跟醫生聊聊這些照片背後的故事。』伯格拍了拍身上背的郵差包，順便把郵差包舉起來，意思是重要的照片就在裡面。

『醫生目前不在辦公室，你要不要再跟他約時間？或者過幾天再來？』

『請你一定要幫忙。過幾天再來也可以，但是我想趁他記憶還新鮮的時候訪問他。拜託！』伯格露出懇求的表情。

秘書打院內分機詢問醫生是不是在那裡。有人接電話，然後轉給別人。秘書把伯格跟她說的話重複一次。一分鐘後，秘書掛了電話。

『我幫你聯絡了醫生，他願意接受採訪。但他還在開會，晚一點還有幾個個案要跟其他醫生討論。要請你再等等。他能接受訪談的時間很短。』秘書告知伯格。

『沒問題，我只需要幾分鐘的時間。』

『那麼，請跟我來。』秘書帶他到離辦公室不遠處的會議室，繼續說道：

『你在這裡等他。他一回到辦公室，我馬上請他過來。』秘書說完就退出會議室，順便把門帶上。

伯格環視會議室。這是他的習慣，每當進到一個陌生的環境，他會把周遭環境巡視一遍，將房子裡有哪些物品記在腦裡，並且找出最重要的《逃生門》位置。

他從郵差包拿出準備好的資料還有錄音筆放在桌上，同時拿出可以即時記錄當下閃過念頭的滾珠筆和筆記本。在正式的訪談裡，他一向把錄音裝置地擺在受訪者面前。他認為，面對錄音裝置，如果還願意談論，講出來的話會比較貼近事實。

伯格兩手插腰在會議室裡踱步。時間滴答滴答。

坐上椅子，他把準備給醫生看的資料全都再看一遍，把準備要問的問題重新背誦一次。拿手機上網，想看看有什麼新鮮事。沒有任何他有興趣的新聞，也沒有蓄意謀殺的最新報導。

起身走到窗戶旁看著窗外景色。由窗戶看出去的地平線，好像是敞向天空的一條線。他曾看見落日接近地平線時，夕陽看起來似乎比平常還大。於是去查了資料，並沒有比較大，而是被自己的大腦騙了。

敲門聲音把他拉回現實，這已經是兩個小時以後的事。主治醫師緩緩走進會議室。伯格趕緊走向門口迎接他。

『我是終極新聞雜誌記者唐・伯格。謝謝您願意接受採訪。』伯格先道謝，握手後坐定，同時告知醫師他將錄下對話，醫師點頭表示同意。伯格按下錄音裝置的按鈕。

『有關尤哈斯先生的病情細節，我一個字也不會說。這是職業道德，您應該懂這道理。』路西恩・馬丁揚起眉毛，用和緩的口氣說道。

『我明白。』伯格先表示認同。

『你想知道什麼？』

『編輯部有找到幾張尤哈斯先生生前公開出現的照片與還有一份錄影畫面。』伯格把印下來的照片交到醫生手上，其中一張是從尤哈斯傳記影印下來。

『這一份是四年前尤哈斯公司的錄影。』伯格打開存放在手機裡的影片，

『影片中公司發言人聲明，因為尤哈斯先生年紀漸長，公司決定交給專業經理人經營，他將不再參與公司的營運和活動。』醫生看著照片和影片，同時點頭表示同意。得到鼓勵的伯格繼續說道：

『從四年前的影片中看得出來，尤哈斯先生走起路來並不穩定。在這張傳記照片裡，尤哈斯先生椅子後面也擺了一支枴杖。』

『您方便說說這幾年間他身體有什麼樣的變化？』

伯格把他蒐集到所有關於利奧・尤哈斯的資料全部推向桌子中間。醫師調整眼鏡並重新看

過每一張被標示著時間和地點的照片。他拿下眼鏡，然後緩緩道來。

『我接手尤哈斯先生主治醫師職務大約有6年的時間，那時候他雖然已經老了，但身體還不錯。大概4年前開始，應該是因為又更老讓他動作變得更緩慢，常常需要拐杖或有人攙扶才可以走得比較安穩，所以很少出現在公共場合。』

『不過，大概2年前開始，身體狀況真的是比以前好很多，只有爬坡或走樓梯的時候才會用到拐杖，他也比較積極參加公司的活動。』

『您有改變他的用藥？或者他做了那些改變？』

『用藥沒有改變。我也很好奇。他到醫院做例行性檢查的時候我曾問過他，是吃了什麼或做了什麼改變讓身體狀況變得還不錯？』馬丁醫師掩不住喜悅：

『他說他兒子的朋友寄了些補品要他定時定量吃，沒想到一邊吃一邊做運動之後就慢慢改善了。他自己也覺得很神奇。』

『他有告訴你是什麼樣的補品嗎？』

『他說並不很清楚那是什麼，而且已經吃完了。有請朋友再寄，大概是忙或者忘了，直到現在都沒有再吃。』

『等於是吃了一次補品就讓他維持在這麼好的狀況？』

『應該這麼說，補品只吃一次，但是他也有在做類似復健的運動。』

『走路、散步之類的嗎？』

『是，他每天早晚各散步半小時。』

『嗯！散步確實是維持體能的好方法。』

『是的。改善過後的體能一直維持到他猝死前。』馬丁醫師揉揉眼睛繼續說道：『接到家屬通知準備急救的時候我也很驚訝。記者會上我也說過，尤哈斯先生沒有心臟方面的疾病。』馬丁醫師帶著疲憊的雙眼對著伯格說，『大概就這些了。』

『我明白。』

『我還有個會議。』馬丁醫師起身準備離開。

『非常感謝你接受訪談。』

伯格和醫師一樣不相信補品不會有這樣的神奇效果，但他保持沉默。漫長的等待是值得的，雖然訪談不到五分鐘。如果醫生說的是真話，那麼，「直覺」應該更加可信。伯格不認為這是普通的補品。或許就像之前編輯會議討論的，當病人使用另類療法，主治醫生往往是最後一個知道。

在伯格採訪完醫生之後，立刻趕往尤哈斯金融控股公司總部，也就是尤哈斯先生倒下的地方。到達時已經快中午了。電話約訪被拒絕，並沒有阻礙伯格的探訪之路。在一樓登記好、拿證件換了通行證之後，直接搭電梯到三樓找人。

『沒有預約，總經理不接受採訪。』秘書拒絕讓他臨時採訪，也不願意說目前他人在哪裡。

『我相信也有其他記者約訪，他們可以，我應該也沒問題。』

『是有接到邀約，但目前並沒有安排要接受媒體採訪，因為他要求我不可以幫他安排。』

『他難道也不接受財經記者的採訪嗎？』

『有。但是目尤哈斯先生的新聞還很熱，他知道記者一定會扯到這件事，而他不想談這件事，他認為他幫不上忙，也沒什麼可以說的。』

『我剛剛去採訪了尤哈斯先生的主治醫生，我可以讓總經理聽主治醫生的錄音檔，證明我沒有說謊，我只想請總經理再次證明醫生的說法。還有，我還帶了一些照片以及影片，我想請總經理印證我們對這些照片和影片的判斷是對還是錯的。我只需要幾分鐘的時間，不會耽誤他的工作。』

秘書現出為難的表情，卻又不知道如何拒絕一臉誠懇的伯格。

『如果可以得到格林總經理的認證，我們下一步要怎麼走就更清楚了。拜託妳務必幫忙！』

推不掉伯格的懇求，秘書拿起話筒撥打了分機，告知伯格來意，終於獲准。

『總經理同意了。不過，還得等一小時，因為他現在才準備要開會。』

『沒問題。只要他願意，要我等多久都沒問題。』伯格從郵差包拿出名片，寫上名字與手機號碼，

『為了不打擾妳們，我到樓下參觀，等妳電話通知。謝謝。』

等待的時間，伯格下樓到公司大廳閒晃。在大門入口處的右邊牆上，他看到管理團隊的簡介，條列式簡介文字旁邊還放上每個人半身彩色照片。總經理波特・格林的頭髮大部分都白了，有一點捲，修剪不佳；脖子上有幾顆痣。臉孔呈多角形，配上金框眼鏡，讓眼神看起來更加銳利，經營團隊的其他人也不遑多讓，個個來頭不小。

看完了團隊簡介，在等待的其它時間，他沒事可做，只能拿手機搜尋尤哈斯集團的各種消息。最新的幾則新聞都提到，前總裁的過世，股票並沒有受到影響，畢竟公司已經交由專業團隊接手經營。集團發言人也出來信心喊話，現在經營團隊是一時之選，要大家不必擔心。

一小時後，伯格接到秘書電話，請他上樓。

進入總經理辦公室旁邊的小型會議室，總經理波特・格林已經坐在裡面等他。早過了午餐時間，伯格有些過意不去。

『很抱歉，要求臨時採訪。花您一點時間，想請教您一些關於尤哈斯先生當天開會時的狀態。』

『說吧！』

『稍早我從馬丁醫師那裡得到一些跟尤哈斯先生相關的訊息。』

為了取得信任，他把給馬丁醫師看過的有關利奧・尤哈斯過去的報導資料放在桌上。伯格播放馬丁醫生的錄音檔。

『其實也沒有甚麼特別的。』看過資料、聽了錄音之後，總經理拿下眼鏡揉揉眼睛說道：

『我相信馬丁醫師最了解尤哈斯先生，如果他認為這些照片可以對照當時身體好壞，我沒有意見。』

『你可以描述一下當天尤哈斯先生在開會時候是怎樣的狀況嗎？』

『那天的會議，尤哈斯先生跟前幾次一樣坐在我旁邊。每當會議正在進行的時候，他都靜靜聽大家討論。有時點頭、有時微笑或蹙眉。一切正常。』

『跟前幾次一樣？他經常參加會議？』

『剛退休的時候，由於身體狀況不是很好，我們邀請他一起開會，他總是以身體不舒服為由回絕。但是這兩年來身體狀態很穩定，腦力和體力都沒有問題，所以，有些重要會議我們會邀請他一起開會，只要他有空一定會參加。不過即使參加會議，他也只是聽，什麼都不會說，除非我們請他發表意見。』

『當天會議結束，要請尤哈斯先生發表意見時才發現他坐在椅子上動也不動，兩眼發直看著桌面。』

『凱恩急忙走到他父親身邊輕輕搖了搖，沒有任何反應。用手檢查口鼻才發現尤哈斯先生已經沒有了呼吸。接著就叫救護車送到醫院。』

『之後的消息我和你一樣，都是從記者會中得到的。』

『會議現場有沒有發現什麼不尋常的地方？』

『沒有不尋常。可以這麼說，他走得很安詳。我猜想，他應該是在完全沒有任何痛苦情況下死去。我很羨慕他可以這樣離開。』總經理深深吸了一口氣，臉上泛著寬慰的笑容。

『走得很安詳』這個說法像一道閃光掠過柏格的腦袋。謀殺應該不會有安詳的場面吧！

『知不知道凱恩‧尤哈斯先生為什麼要告柯斯塔醫師？』

『我也不了解這件事跟柯斯塔醫師有什麼關聯。』

『麻煩您再仔細想想看還有沒有其它方面的事情？』柏格繼續追問。

『沒有了。』

伯格相信他們兩位都說了實話。兩份錄音內容都沒有涉及隱私或不名譽。但很顯然，他們對於蓄意謀殺、醫療疏失這些質疑並沒有幫到什麼忙，反倒是幫柯斯塔醫師解套。

伯格用平常心看待這兩個毫無突破性的訪談。到目前為止，原告周圍的人所談的內容跟事件本身都沾不上邊。該繼續做下一階段的事情了。

接連兩個訪談過後，在回雜誌社之前順道去吃了午餐。伯格心想，即使手上有兩份錄音檔，如果說這是新線索未免也太牽強，更妥善的說法是應該是沒有任何進展。

回到雜誌社的伯格和同事打過招呼，還沒走到自己辦公桌前就聽到從總編輯辦公室裡傳來對話聲：

『真的抱歉，雜誌社網頁從一開始就不提供動態廣告。』

『是的，只提供靜態廣告。』

『不是這樣，網頁一開始就沒有設計動態廣告的程式。』

『放外掛？不可能，我們從頭到尾都沒有打算要這麼做。』

總編輯是個身材壯碩的人，說起話來鏗鏘有力。雖然他和發行人各有一間小辦公室，但他的辦公室幾乎不關門，所以不時都可以聽見他的大嗓門。

伯格將郵差包放上桌後就走向總編輯的辦公室，靠在門框上動也不動，專心聽他們的對話。

『完全不是這樣。這跟你們需要支付多少廣告費沒有任何關係。』

總編輯邊說話邊看向門外，同時對著伯格翻白眼。

『即使是總編輯也沒有權力答應你，希望你可以認同我們對讀者的承諾。』

『我們仍然歡迎你在我們的網頁做靜態廣告。如果有需要，再打電話給我們。』眼看總編輯已經快要攤坐在椅子上。

等總編輯掛了電話，伯格笑笑走回位置坐下。雜誌社只讓商業主在頁面兩側做「靜態廣告」，動態、彈跳視窗等多媒體廣告形式全部不接受，目的是讓讀者在不受干擾的氣氛下享受純粹的閱讀樂趣。

總編輯掛了電話之後走過來大辦公室。

『要不要破例？來一次彈跳式視窗廣告？會有驚喜的。』看到總編輯伯格忍不住開玩笑。

『就怕彈跳視窗、動畫廣告會把讀者搞瞎，嚴重一點的可能會猝死。』這句話搞得在場所有人發笑。

『說的也是。就拿我自己來講，我對彈跳視窗之類的廣告很厭煩，它只想讓人看廣告。』

『所以你應該更能理解為什麼我們不接受這類廣告。』

『沒錯。根據我朋友說的，他們會試著把廣告關掉，如果關不掉，就直接跳開頁面。』

『我相信我們的讀者群會是屬於後者。』總編輯繼續說道，

『我們既然會吸引到品味相同的讀者，同樣也會吸引到臭味相投的廣告商。失去讀者的信任，我們也可以收攤了。』總編輯一臉正經，

『有新的情報？』

『有，但好像又什麼都沒有。』伯格點頭。

等大家都回到雜誌社，在會議室裡，伯格放錄音檔給大家聽。大夥兒們聽著錄音，也各自做筆記。

『時間。兩年前，是一個重要的線索。已經出現兩次。』

『除了正規醫療，他吃了什麼？』

『是自願吃的。聽起來吃得還滿開心的！』

『補品！哪來的？是柯斯塔醫師給的嗎？』

『市面上的保健食品目錄都會說產品對促進健康有幫助。』

『吃了補品就能讓行動穩健。滿懸疑的，很像科幻故事。』

『什麼好康的產品有這種神奇的功效？』

『這應該很適合買來送給行動不便的老人家吃看看。唐，你要不要繼續打聽看看到底是什麼東西啊？』

『連他的醫生也很好奇那是什麼。如果他知道，那他早就說了。』

『或許很貴，送的人不想繼續花錢買。』

『他們家哪種補品買不起？我猜，很可能是市面上買不到的。』

『世界上不可能有這種補品。如果有，早就大賣，也輪不到我們在這裡幫忙推銷。』

『根據格林總經理的說法，根本跟謀殺案一點也扯不上關係。』

『如果是謀殺，又怎會死的很安詳？』

『我也這麼認為。』

根據這兩份錄音檔，醫藥組做了一個初步的推論：《時間》、《補品》是關鍵，雖然大家都不相信補品可以帶來這麼神奇的功效。

『親近尤哈斯家族而且可以接受訪談的相關人士，目前能夠給的訊息大概就這些。』總編輯思考了一下繼續說道，

『想在乾涸的土地上繼續挖掘，除非挖得夠深，否則是找不到水源的。接下來你打算去找柯斯塔身邊的人，是嗎？』

『是的。我們對他的私領域並沒有掌握很多，診所的醫護看起來什麼都不知道。我打過電話，創世紀的大頭威爾・佩德目前人在國外，他身邊幾乎沒有人可以查訪。所以我打算先去查訪柯斯塔的病患，然後是住在診所附近的鄰居。』

# 8

## 五月十五日　星期四

陽光緩緩走進這座城市，今天天氣晴朗涼爽，守株待兔應該不會是件苦差事。伯格事先查過資料也搜尋谷歌地圖，大概知道自己即將面對的環境。探索診所位於人口還算密集的洛桑鎮，是那種稍微富裕又帶有溫暖的地方，主要的建築物是公寓，有幾棟大廈，還有一些獨棟平房。

即使伯格已經打過電話詢問，今天柯斯塔醫生早上十點才有約診，不過他還是提早一個半小時就開車出發前往洛桑鎮。根據導航，開車只需要三十分鐘就能到達，早晨的車輛不多，只有往來於城郊間的道路與市中心的街道稍稍顯露出匆忙，他可以很悠哉地開著車而不用擔心壅擠的車道是否會耽誤了他的行程。下了高速公路，接近洛桑鎮的時候，先在加油站隔壁的早餐店吃了早餐，同時點了外帶食物，兩份三明治、瓶裝水和一杯咖啡。用過早餐，伯格把三明治放進經常陪他出外勤的小冰桶，然後繼續前進。

診所位在洛德路上其中一棟平房。從正面看過去，可以看到有整面落地窗的候診室。大門在右邊，進去是候診室；最左邊應該是柯斯塔醫師的診療室，有落地窗簾阻隔讓外人無法看見診療室內部。房子前的空地劃有四個停車格，其中兩格已經被占用，柯斯塔醫師和醫護應該已經抵達診所。

伯格在診所附近繞了幾圈仔細觀察地形，最後回到洛德路上找停車位置。運氣不錯，找到一個很棒的位置，車位就在診所斜對面，和診所之間還隔著洛德路。視野很好，方便觀察，不但可以清楚看到診所，有人進出可以看得一清二楚，而且離診所有一定的距離，不容易被發現。

停好車，他看了一下手錶，九點半，然後打開放在客座的相機包。前一晚就已經把三顆電池充飽，也試過相機，都沒問題。再檢查一次電池、記憶卡。現場試拍幾張診所照片，倒帶看相片，沒有問題。一切就緒。

伯格溫柔撫觸手上這台痕跡斑駁的單眼數位相機，每一處痕跡都在提醒他曾經紀錄了什麼。過去閃亮的金屬外殼如今已是傷痕累累，部分烤漆也已脫落。它曾經陪他走過好些日子，也將一起記錄未來。這不是第一次田野調查，也不會是最後一次。

九點五十分，伯格看見一輛休旅車駛進停車場，咔嗒，把車牌放大，咔嗒。從客座下來的是位年約七十歲的老先生，咔嗒，下車後在車旁等待司機，等司機關好車門，兩人一起走向候診室，咔嗒。從停車、步行、到進門的流暢度看來，他們很熟悉這裡的環境。伯格猜測是柯斯塔醫師的老病人。二十分鐘過後，又來了一輛車，咔嗒，這次是一位中年人，停車、進門同樣熟練，咔嗒，咔嗒。

每當有人靠近診所就立刻拍照，伯格不會知道來人是病患還是訪客。停車時先拍車子，車牌號碼、車型都要入鏡。進大門時拍幾張，走出大門時也連拍幾張。他儘量坐著不動，當他監視場所，就必須要不動如磐石，就像現在，他必須冷靜以對，直到柯斯塔醫生離開診所才收攤回家。今天共有十二人前來診所就診。

回到家裡，先把拍到的車牌號碼謄進筆記本裡，留一些空格，方便明天和對方對話時做紀錄。做完功課，先上網看看有沒有謀殺的最新消息。提告到現在已經第三天了，新聞熱度快速下降，大家應該在等待檢察署的消息。

## 五月十六日　星期五

『艾瑞克，早。幫我查這些車牌號碼的主人和聯絡電話，謝謝。』

第二天抵達現場後先打電話到汽車監理站查詢前一天拍到的車子主人和聯絡電話。伯格每唸一個號碼，就聽到電話那端傳來電腦喀喀聲，然後艾瑞克報上名字和電話，只花了幾分鐘就查完所有車牌。

『謝謝你的幫忙。』

當他需要調查時，就會打電話來。他們會認識，是因為雜誌報導的需要而去訪問了艾瑞克，慢慢地因為長時間聯絡而成為好朋友。艾瑞克很喜歡柏格也喜歡終極雜誌，他認為伯格是一個嚴謹、富道德感的記者，當他要查詢車牌號碼，很單純只為了報導的需要，而不是為了卑鄙的事或私慾，所以他願意幫他幹這麼不入流的勾當。

伯格一邊監視診所，一邊打電話詢問車主。

『您好，我是唐・伯格，正在替《終極雜誌》做一篇報導，請問您是柯斯塔醫師的病人嗎？可以跟你談談嗎？』

『你怎麼知道我是他的病人？你跟蹤我？』

『沒有跟蹤你，只是剛好知道你是柯斯塔醫師的病人。想請您說說對柯斯塔醫師的看法。』伯格說明來意。

伯格早就決定直接說明打電話的緣由。不說別人，即便是他自己接到陌生人的電話，對方所說的任何的謊話都很容易讓人揭穿，說謊只會讓情況變得更複雜。

『沒有看法。』對方直接掛電話。

『你好，請問你認識柯斯塔醫生嗎？』

『認識。你想幹什麼？』

『我們想寫有關柯斯塔醫生的報導。』

『我知道你們想幹嘛，我跟他不熟，也沒什麼好談的。』

『你不是他的病人嗎？』

『是，但我才剛搬來這附近。』

『好的，非常謝謝你。』

打電話的目的是請對方說說他自己所認識的柯斯塔醫師，想說什麼都行，即使是八卦也沒問題，有消息就是好消息。但事情永遠都不如預期，所有的嘗試都徒勞無功。

『你好，請問你認識柯斯塔醫生嗎？想請教你幾個簡短的問題。』

『什麼問題？』

『有沒有聽過關於醫生或診所的傳言？好的、不好的都可以說。』

『他是個好醫生，我只能這樣說。』

『為什麼這麼說？』

『他很細心，看病很仔細，也很有耐心。』

『好的，謝謝。』

和其他的嘗試一樣，還是徒勞白搭。

在他聯絡的這些病人，接到電話的人聽到是記者，有幾個不是咒罵他不尊重別人的隱私，就是直接掛上電話。願意接受訪談的，也沒有讓伯格得到驚喜的內容。甚至有人睜眼說瞎話，說他根本不認識柯斯塔醫生，好奇怪的病人，明明就進了診所。伯格猜測，謀殺案正在熱頭上，病患大概怕惹事上身。要找可以訪談的對象遠比原先預期的困難許多，伯格開始感到絕望。

下午一點半左右，就在伯格準備咬第一口三明治時，看見一輛寶藍色休旅車駛進診所停車場。他立刻放下三明治，拿起相機趕緊拍下車號與車型。接著連拍幾張來人下車後走進診所前的背影，來人走起路來很英挺，腳步很穩重，不像是病人，他的大衣衣角在跨步走之間隨風飛舞著。黑衣人走進診所跟櫃台醫護打招呼，當他側身轉進柯斯塔醫生診療室，臉部側面看起來似曾相識。伯格隱約想起曾在什麼地方見過他。記者的雷達天線打開了，他感受到一股熱勁，來人可能會是個線索。

鎖定目標之後的伯格就像巡弋飛彈一樣朝著目標前進。即使吃著三明治也專注盯著診所。吃完三明治，大口喝了幾口水，拿著相機等待來人走出來。大約十分鐘後，從黑衣人走出診療室進入視線開始，咔喳，咔喳，跟醫護閒聊，咔喳，走出大門，咔喳，咔喳，咔喳、進入車子，咔喳，咔喳，咔喳，伯格大拍特拍起來，把所有他能拍到的角度通通拍下來。一直到來人倒車準備離開，連拍快門就沒停過。當他的車子打方向燈，伯格知道他要往他這個方向左轉，於是趕緊放下相機，若無其事地按下臨時停車燈號，假裝只是在等候別人。當他的車子行經伯格面前，他的眼睛也只能直視前方，直到對方消失在車流中。

等整理好隨意丟棄在車裡的三明治包裝紙與礦泉水瓶，伯格將影像倒帶，看著相機裡的這號人物。左側、右側、面對鏡頭的正面臉孔、全身照。照片拍得極好，張張傑出。在攝影棚拍攝人像需要超高的天賦，但這種馬路工作卻簡單得多了，況且躲在暗處偷拍，帶給人一種類似犯罪的快感。

來人是伊凡・德盧卡，是個非常英俊瀟灑的國會議員。修剪整齊的黑色短髮，黑眼珠，膚色不深，五官線條極為優雅出色。服裝極有品味，黑色長風衣，領口敞開的絲質白襯衫，深棕色的皮鞋閃閃發光。

伯格嘴裡念念有詞：你來這裡幹嘛？他一邊研究照片，一邊注意診所門口的動靜。柯斯塔醫師還在診所裡，可能還在等其他預約的病人。伯格看了手錶，現在還不到兩點。

伯格用手機打了電話到診所詢問是否可以前往看診？如果可以他會在一小時內抵達。醫護說，他們只接受預約，而且醫生已經看完今天所有約診的病人，他已經準備離開診所。

『需不需要幫你預約下星期一下午？』醫護問伯格。

『不用了，我急著要看醫生。謝謝妳。』伯格回應。

掛了電話。伯格在群組裡傳了簡訊：『**四點開會。拍到神秘訪客。**』

伯格仍留在車裡，現在天色還亮著，他非得看到柯斯塔離開診所才甘心。終於看到柯斯塔走出診療室，在候診室和醫護說話，身邊剛好有相機，等柯斯塔走向停車場時立刻拍照，正面，咔喳，咔喳、側面，咔喳，咔喳，各兩張，趁柯斯塔進入車裡，他趕緊關上車窗，以免暴露行蹤。在柯斯塔的車子駛離停車場之後，伯格大約等了三分鐘才發動車子，離開狩獵地點。

苦苦等待終於有了代價，拍到德盧卡出現在診所的畫面，蓄意謀殺事件似乎露出一道曙光，沒有人敢斬釘截鐵地說診所隱藏著什麼秘密，但伊凡・德盧卡的出現，卻讓事件更添神秘感。

# 9

『你們絕對想不到我遇到什麼事。』

『有人搶你的像機？砸你的車子？』

『怎麼會這麼想？詛咒我！』

『只要是幹我們這行的，被當成狗仔是正常的，尤其是會躲在車裡偷拍的人最可疑。』

在下午的編輯會議裡，每個人看著電腦中的照片面面相覷，經常上新聞版面的他，新聞界無人不知。伊凡・德盧卡是醫師也是國會議員，醫生世家，家族成員共同持有醫療集團45％的股份。

『站在非專業的立場看，你把他拍的真是帥啊！可以當職業攝影師了。』拉伊爾帶著崇拜的眼神說。

『他本來就長得好看。跟我拍照的技術無關。』

『他去診所幹嘛？』

『同行！應該認識對方，或許他只是擔心柯斯塔，拜訪問候。』

『根據我當記者這麼多年的經驗，我從來不相信巧合，事出必有因。如果傳說是真的，他們的關係不會這麼熱絡。大概只要打電話就足夠表達關心。』總編輯透露無關緊要的內幕消息。

『傳說？唉呦，你什麼時候開始八卦啦！』所有人帶著狐疑地眼光望向他。

『哈！哈！哈！這表示你們還很嫩，不知道這件大花邊新聞。伊凡・德盧卡的家世顯赫，也因為這樣，這件花邊新聞曾經在部分記者圈裡流傳一陣子。至於真實性有多少，沒人有把握！現在是網路主宰一切，人手一機，隨時可以當狗仔。但是在以前，這個花邊甚至沒有上過任何新聞版面。』

『哇！快說啦！』大家仰著臉像看英雄般看著總編輯，靜靜地等待他娓娓道來。

『真拿你們沒辦法。』莫爾納瞪著大家，嘆了口氣：

『聽過**【醫療三劍客】**嗎？』

大家全搖頭。

『我長話短說。《**聽說**》柯斯塔、佩德、德盧卡與凱特・麥爾四人在大學時代感情非常要好。德盧卡與麥爾小姐是公開的男女朋友。在基礎的醫師訓練過後，柯斯塔去了佩德家的藥廠上班，而麥爾小姐到德盧卡家族醫院從事醫療工作。』總編輯清了清喉嚨繼續說道：

『有一天，麥爾小姐與柯斯塔離開了各自的工作場所。**聽說**，《私奔》了。**聽說**，《結婚》了。一年後，柯斯塔又回到佩德公司上班，麥爾小姐從此失去消息。之後，德盧卡和柯斯塔、佩德兩人老死不相往來。』

『哇！真是大八卦！』

『如果加上謀殺那就更熱鬧了。』

『非常符合八卦新聞的腥羶色。光這題材就足夠讓八卦雜誌連載好幾期。』

當下氣氛情真的輕鬆自在，全部人都笑開了。笑鬧還不夠，大夥們還想要大放厥詞，隨即被總編輯舉手制止。

『沒有其它媒體拍到德盧卡去拜訪柯斯塔，要不然，這條花邊新聞肯定會被爆出來。因為我相信很多媒體高層聽過、甚至知道這則內幕。』

『那麼，我們有考慮要上這條新聞嗎？』

『不要。我們又不是八卦雜誌，花邊新聞聽聽就好。』莫爾納一臉嚴肅繼續說道：『我認為德盧卡這時候去拜訪柯斯塔絕對不是為了重修舊好。事有蹊蹺。」

『朋友有難才是展現誠意的最好時機。』大家終於從八卦中回復理性。

『德盧卡不需要討好誰。』

『或許他還在乎這段友誼？他總是需要朋友的。』

『重點是他的出現，跟我們要調查的有什麼關聯？』

『醫療集團、生技公司，應該是既合作又競爭的關係！」

伯格想到那則德盧卡醫療集團和創世紀公司本來要合作，最後破局的舊聞。

『競爭是肯定的。但是合作呢？』

『世界上有很多大藥廠也談合作。這不意外！』

『問題是，要在哪方面合作？醫療技術還是藥物？

『舊藥還是新藥？』

你一句我一句。今天的編輯會議好像是要決定這兩個男人的關係還有這兩家公司的未來。

雖然事件出現一道曙光，但對於解開謎題卻無絲毫助益。

『柯斯塔的表現沒有異常，照常上班、看診。他的日常生活肯定也沒受到影響。』

『他顯然沒有離開這座城市的打算。』

『或許檢查官下令不准出城也說不定。』

『又還沒起訴。搞不好都還沒找他去問話呢！』

『這兩天也有其它的媒體去詢問檢調部門，他們只回答剛分配案件，還沒開始調查。如果有任何消息，檢調會主動發布新聞稿。』

『被控蓄意謀殺之後，還是有很多病患去找柯斯塔醫師！』伯格說道。

『如果我是柯斯塔的病人，也會覺得莫名其妙。再說，只是提告，能不能成立都還不知道。』

總編輯做了《合情合理》的推論。

『我應該到現場抓幾個剛看完病的問問。』

『應該不必。新聞這麼熱，不取消預約還持續去看病的，肯定非常信任他。』

『這個周末我去拜訪一下診所附近的鄰居，看看能不能挖到一些別人還沒挖過的消息。』

伯格邊整理手中的資料，邊說他接下來要做什麼。

『為什麼周末？』

『我查過資料，這個地區的住戶家長們大部分是上班族或公務人員。工作日的晚上他們需要休息，突然拜訪被拒絕的機會很大，白天上班已經很累，晚上還受到騷擾。假日可以睡得晚，也比較有可能留在家。好好休息一個晚上之後或許願意多談。』

『還有，診所假日不看診，我在診所附近街上遊蕩也可以比較自在。如果在平日，萬一碰到柯斯塔醫師，那就糗了。畢竟見過一次面。』

現階段的伯格必須像偵探般深入敵營地盤暗中探訪。

# 10

## 五月十七日　星期六

今天仍是一個晴朗的五月天，天空蔚藍，涼風送爽，不過天氣預報說下午可能會有雷陣雨。洛桑鎮的周末早晨，早上八點，對人們而言還顯太早，路上沒什麼人，居民大概還在睡覺或看報紙吃早餐吧！伯格慢慢開車著在市區繞。早在星期五晚上，診所所在的洛德路上的停車位都已經被下班回家的居民佔滿了。終於，在離診所兩個街區的杜倫廣場旁邊的街道找到一格停車位。停好車，回頭往診所的街區走，他做好心理準備，今天要挨家挨戶查訪，踏遍洛德路兩側的每個角落。轉個彎後他看見一家咖啡店，時間還早，店鋪裡沒有什麼顧客。他走了進去，點了貝果炒蛋套餐。他邊吃邊寫筆記，計畫一天的行動。

伯格明白，他是個記者，闖到別人辦公室或家裡去問一堆問題，本來就是他的工作。探索附近的居民，藉由和他們交談的機會，體會柯斯塔的氣息、在這裡的存在和他有什麼不為人知的瘋狂行為。田野調查額外的好處是可以近距離觀察民眾對事件的反應。

追查蓄意謀殺是檢調的責任，不是記者的責任。伯格放下筆，思考著事件開始到現在的發展，從一開始的新聞到柯斯塔的被告，加上這幾天的查訪，讓他隱約感覺事件最後的結果會關係到大家對醫療看法。

九點十分，伯格囫圇吞了早已經涼了食物，一口喝完剩餘的咖啡。該上工了，付了錢，趕緊走出咖啡店。

按了第一個門鈴，是座平房。

『早安，』伯格問候開門的老先生，

『我是終極新聞的記者唐・伯格。我們想寫有關柯斯塔醫生的報導，請問您認識柯斯塔醫師或曾到他的診所看過病嗎？』

上了年紀的老伯伯一副不客氣模樣從上到下打量他。

『你們這些記者根本就是來亂的，新聞都亂報。我上次走在路上也被一個記者問，我從頭到尾講柯斯塔醫師講了大概三分鐘，結果電視播出的時候，只有十秒鐘，沒頭沒尾，這樣真的很糟糕。簡直就是個渾蛋，即使他再來訪問我，當著他的面我也會這麼說。』

憤世嫉俗的民眾對記者的蔑視，伯格心裡有數。

『你生氣的原因是播出的時間太短？』伯格想知道真正的原因。

『當然不是。不管別人講得好不好，你們記者應該認真對待每次的訪問，結果我看到的是搞笑效果一流的剪接內容。』站在門口的老先生怒視著伯格。

『我懂。但是我們並不會這麼做。你願意再對我重新講一遍嗎？』伯格覺得尷尬，不過他還是想完成訪問。

『我不會再任何浪費時間說有關柯斯塔醫生的事情。』老先生依然繃著臉，

『年輕人，我倒是想給你一個勸告，認真幹記者，別老是想出名。你們不是明星，你們是有社會責任的。』

『我知道。我們應該把壞人都送進監牢。』伯格心理明白老先生對記者的期待。

『是的。你們應該要揭發醜聞，而不是製造娛樂新聞。』

伯格笑得好尷尬。這麼多年的記者生涯，他知道民眾對記者的期待，認為記者應該揭發製造危機的廠商、搞詐騙的騙子、出賣公眾利益的政治人物，只要是不利公共利益的人事物全部都要揭發，然後把這些人全部送進監牢。

『柯斯塔醫生是壞人嗎？』伯格不放棄。

『他是個好人。我不想再說了。』接著，老先生把門甩上。

第一個訪問就直接被臭罵一頓，真是出師不利，伯格笑笑，直搖頭。不過，伯格不在意老先生對他的敵意，當大家都對記者存在這樣的刻板印象，他也無力扭轉。

隔壁是棟七層樓公寓，大門深鎖，於是他挑七樓其中一個住戶的門鈴，說他是隔壁的鄰居，出門忘了帶鑰匙，家裡有人但沒有回應，要請他幫忙開門。

『下次記得帶。』雖然不高興，還是幫忙開了門。

為了掩飾自己的魯莽，不想這麼快就再去打擾對方，伯格先搭電梯到六樓。按下第一個門

鈴。

『早安！可以和你談談嗎？我們正在做一些有關柯斯塔醫生的報導。請問你認識柯斯塔醫生或者有去他的診所看過病嗎？』

『沒有。我不認識他。要不是在電視上看到這消息，我也不知道診所醫生長這樣。』

『好。謝謝你。』話聲才落下，對方就已經消失在門後了。

伯格正準備要去按下一個門鈴，正好看見對方的門打開了，看起來像是一對夫妻的男女從門後走出來，伯格走過去直接問他們。

『早安！我是終極雜誌的記者伯格。可以請教你幾個簡短的問題嗎？我保證只耽誤你幾分鐘的時間。我們正在做一些有關柯斯塔醫生的報導。請問你認識柯斯塔醫生或者有去他的診所看過病嗎？』

『什麼樣的報導？』男人說道。

『現在最熱門的蓄意謀殺案。』

『有去看過病，但跟醫師不熟。我沒什麼好說的。』

『那可以請你談談去看病的經驗嗎？』

『他會問最近做了什麼？吃了什麼？是怎樣的不舒服？他打算怎麼治療、為什麼要這樣治療、他要我們怎樣配合治療。就這些。』

『你覺得醫生怎麼樣？』

『不錯啊！至少病是治好了。』

『好的，謝謝你。』

這麼多人住在這裡，認得柯斯塔醫生的人竟然這麼少。這可能嗎？還是現在柯斯塔醫生目前正在火線上，沒人想要發表意見？

下一個。

『早安！我是記者唐・伯格。很抱歉把你吵醒。請問您認識柯斯塔醫師或曾到他的診所看過病嗎？』一位穿著睡袍、頭髮散亂的男人開門。

當伯格和這雙發紅、帶著怒氣的眼睛交會時，立刻知道對方是在睡夢中被門鈴吵醒，心不甘情不願出來應門。伯格暗笑，也許對方正在夢中數鈔票，而他把好夢給敲碎了。

『你剛剛說是記者，是吧！』聽到有人道歉，火氣稍降之後，開門的男人問到。

『是的。』

『你是要問附近這家診所，最近很熱門那位醫生嗎？很抱歉，我也是看了報導才知道。我聽附近鄰居討論過這位醫生。但我不認識他，也不知道有誰去過。』

『那麼，鄰居是怎麼說的？』

『喔！說他很神祕，想看診有時要等很久。有人曾經被取消看診之類的。大概就這些了。』

除去被慘烈的拒絕，接著連續數十個應答，不是不認識，就是無法談得深入。醫生與患者的關係，除了討論病情，很難有深入交往的機會。

伯格已經歷三個多小時沒有突破性的拜訪。好幾次，遇到開門聽到是記者就直接把已經打開的門又用力甩上。還沒揮棒就被判出局。

伯格完全被封殺，一無所獲。除去沒人在家的，有在家的，都無法提供他有用的情報。診所這一側的鄰居都已經訪談完畢，早過了中午。伯格心都涼了，決定先去吃午餐。

診所對面這一側，有機會訪談的家長們幾乎都說，家裡的孩子大都是到附近的兒童診所看診，即使是大人也只是偶而去，跟柯斯塔醫師並不熟；常態性去看病的居民，關心病患、心思細膩是他們對柯斯塔一致的看法。這些住戶的回答還算客氣，最慘烈的莫過於抱怨他根本不尊重別人的隱私權。

只有這些了，沒有爆料、沒有內幕、沒有花邊，什麼都沒有。伯格幾乎在原地打轉。

下午，隨著伯格走走停停，身上也逐漸熱了起來，上下樓梯也讓他冒出來的汗越來越多，不但頭髮濕了，手帕也早就濕透。早上還穿在身上的薄外套，他不記得什麼時候脫下塞進郵差包裡。按過一個一個門鈴，爬過無數階梯，一大早亢奮的情緒早就消失無蹤。對所有記者而言，沒有消息比壞消息更糟。當他在馬路邊停下來喘息，正想著今天大概不會有什麼收穫時，老天爺也沒放過他。他根本沒注意天空早就烏雲密布。

就在這個時候，雨開始下，又快又猛。大如冰雹的雨水混著汽車排出來的廢氣，像帶著酸味的水球一顆顆在他的身上炸開。短短幾秒鐘的時間，已是雨的世界。嘩啦啦傾盆而下的雨水打在馬路、房舍、植物葉子上，發出劈劈啪啪的聲音。暴雨狂降，眼前一片灰濛濛。

伯格三步併作兩步衝上一座有著紅色磚牆屋子的陽台上。一脫離雨水範圍，先甩掉頭髮、拍掉身上的雨水，再抬頭看著變得越來越恐怖的天空。他懷疑，除了讓自己全身濕透，今天逐戶拜訪可能不會有什麼樣收穫，要不要乾脆放棄，明天再來。就在他陷入沉思，一隻狗開始狂吠，並死命地抓刮著他身後的門。

他轉頭看見一張沒有表情的臉出現在紗門後面。門打開，狗兒往伯格身上飛撲，還好只是撲過來而已。一個大約40歲男人走出來，男人抓住狗兒，安撫牠不安的嘶吼，然後把牠趕進屋裡。從他身上的運動服與夾克可以看的出來，他似乎準備要去運動。

『抱歉。打擾你了。我跑來這裡躲雨。』伯格說的結結巴巴，就怕被當成小偷。

『沒問題。被這麼大的雨淋到會讓人很狼狽。』男人露出笑容說道。

『謝謝你的體諒。很高興可以站在雨淋不到的地方。』

伯格很高興男人並沒有因為陌生人的到來而不開心。他們兩個都抬頭看著雨勢。烏雲像海浪一樣壓在頭頂上，雨水從各方沖刷而下，好像要將陽台、窗戶和人全部淹沒。雨水到處傾流，整個社區幾乎變成水城。

『你住這附近嗎？』

『我住在離這裡好幾十公里外的光南區。』

『這裡不是風景區。是來找朋友的？』

伯格搖頭。

『是什麼事讓你來到這裡？』

想起來忘了自我介紹。伯格從口袋拿出名片，告訴男人他是記者，還有來這裡的目的。

『你到過對面的探索診所看過病嗎？』

『沒有。你要問的是最近很熱門的那位醫生嗎？好倒楣！對方是猝死的，還被告蓄意謀殺。』

『我們也是這麼想的。』

『雖然我沒去那裡看過病，不過應該有不少住戶是他的病人。』

『你知道這附近哪戶人家是他的病患嗎？』

『……』

正當伯格想放棄時，

『你從這裡往下走，在診所斜對面有一戶平房，比較凹進去住宅區地方，外面的人不容易發現，那裡住著一對父子。爸爸有一點年紀，兒子在家工作，程式設計師之類的。』

『好的，謝謝。你常跟他們聊天嗎？』

『那倒沒有，我偶而會在超市碰到他們，閒聊過幾次。我記得他曾提過要陪他爸爸去診所看診。喔！他睡眠時間不是很固定，希望他這時候是醒的。他的名字叫班。』

『好的。你可以比較明確描述他的家嗎？』

『大門口有種九重葛那家。』

天空仍淅瀝淅瀝地下著雨，打在不同材質的石牆上，發出不同的聲調。

『謝謝。等雨停了就去拜訪他。我可以繼續留在這裡躲雨嗎？』

『沒問題。你可以留在這裡，但是我要出門了。』

『謝謝你讓我躲雨，』伯格對著走下陽台的男子說道：

『也謝謝告訴我誰可能是柯斯塔醫生的病人。』

伯格一度以為有機會從這個男人身上問到有用的情報。他再度陷入失望。

雨仍然沒停，只是緩和下來。天空仍是烏雲密佈，暗淡無光。

伯格拉起衣領遮頭，沿著男人所指的方向走。大約50公尺之後，發現種有九重葛的白色木造平房，這棟房子的前廊左右延伸成一小陽台，從外面確實不容易發現，但是踏上通往門廊的階梯上往街上看，往來的行人與車輛竟能看得清楚。伯格按了門鈴，馬上就有人開門。

『你好，我是終極雜誌社的記者唐・伯格。請問你是班嗎？』遞出名片，

『你好。是的。我是班・莫瑞。』兩人握手寒暄，伯格告訴他是哪位鄰居介紹他來的。

『喔！他是個熱心的鄰居，我們偶而會聊聊。有的，我父親在那裡看診。請問你想知道什麼？』

『最近的新聞相信你都看到了。很多報導提到柯斯塔醫師是為了名利、地位等才會被告。

我們想看看是不是可以找到不一樣的說法。』站在台階上的伯格拿著濕透的手帕邊擦臉邊問道：

『想請你談談對柯斯塔醫師的看法，例如他的醫術、品格、對待病人的方式等等。或者任何你曾聽過別人說的，只要跟他有關的，全部都可以說。』

『他對病人很細心，而且很有耐性。』

『你接觸到的他是在工作時候的醫生身分，好醫生的形象有可能是刻意表現出來。真實生活中的他不一定是這樣。』

『有可能。但是我認為他不是壞人。』

『為什麼這麼認為？他是怎麼看病的？』

『3年前我們搬來這裡之後，我父親就固定在他的診所看診。他每次都花很多時間解釋，還有教我父親應該如何照顧身體。即使問了很多問題，他都很有耐心的解釋。據我所知，他每天約診的病人並不多。』工程師邊回想邊回應：

『我不知道這對你想知道的有沒有幫助。』

『有的，非常謝謝。既然你父親在這裡看診已經有三年，你又住在診所斜對面，是不是曾經看過診所有不正常的狀況。例如，病人不滿意、生氣、鬧事或者聽到有人批評醫生。』

『這倒沒有。不過曾經發生過一件很奇怪的事情。我不確定那是不是特殊狀況。後來並沒有聽到什麼不好的消息，所以我陪父親再去看診的時候就沒有多問。』

『你方便花一點時間談談那件事嗎？』伯格想迅速展開。露出笑容，看起來是想他周旋到底。

『到裡面談好了，我父親去超市買東西。我想趁這個時候整理一下客廳。』伯格隨莫瑞走進屋裡，屋內家具擺設很簡單，但是沙發、座椅隨意堆滿了各式各樣的衣服外套，咖啡桌上也擺了些用過的餐具與水杯。

『我可以錄音、做筆記嗎？』

『可以。』莫瑞點頭。伯格拿出錄音筆和筆記本，同時按下錄音裝置。

『日期我不確定。大概在兩年前吧！』工程師邊收拾亂放的衣服邊說。

『兩年前。』這個訊息猶如鈴聲大作，伯格震了一下，脫口而出。這個時間點已經出現第三次。《兩年》這個時間點，第一次是從路西恩•馬丁醫師口中說出，第二次是波特．格林總經理。

『我父親大部分是去看慢性疾病的預約診，每兩個月固定會去診所一次。但是那個月格拉巴斯小姐突然打電話說，接下來的一個月醫師沒有辦法看診，要幫我們安排到其他診所。』

『原因是？』

『她的解釋是，醫師必須花比較多的時間留在實驗室，沒辦法兩邊兼顧，所以要請我們去遠一點的另一家診所看診、拿藥。』

『為什麼你剛剛說這是一件《奇怪的事》？』

『診所就在斜對面，我平常走到客廳會習慣性往對面看一下。剛休診的前幾天並沒什麼事，診所門前空空的，沒有人，沒有車。格拉巴斯小姐那個月好像也出國度假，除非是柯斯塔醫師自己跑來診所。』

莫瑞收拾放在客廳沙發上、沙發背上的衣服，同時分成兩堆，該洗的、或者可以重複穿的襯衫或外套。挪了位置好讓伯格坐下，自己也找了位置坐下。

『我大都在半夜父親睡了之後才有比較完整的時間寫程式。那時候也比較安靜。』莫瑞眼睛看著遠遠的天邊，一道白光從烏雲密佈的天空透出來，雙手交疊托著下巴，邊回憶邊說。

『記得大概就在休診後的第三或第四天的半夜，我不是很確定是幾點鐘。我到廚房拿水喝順便走到客廳伸展筋骨。透過窗簾發現診所停車場有燈在閃，診所的燈也是亮著的。稍微拉開窗簾往診所方向看，看到好幾輛車子停在診所前面。剛開始以為是柯斯塔醫師找了朋友來這裡喝酒狂歡。好像又不是，因為我看到有人被其他人用輪椅推到診所裡面。』莫瑞收回望向遠方的眼神，看著伯格，述說著他無意間看到了某件他不該看到的東西。

『這個時間本來就不應該有人來診所。換做是我，也會覺得不正常。』

『因為休診，我父親不得已要去別的診所看診，所以我更很好奇，為什麼這時候會有人來。我先拿手機拍了幾張相片，因為是在半夜，手機的解析度也不好，拍出來的照片根本就看不清楚，所以我趕緊再去找照相機。』

『平常很少使用相機，沒電要先充電。等充了一些電，就趕快開窗戶想用長鏡頭拍照。那時候外面已經沒有人。』

『你有看到柯斯塔醫師嗎？』

『沒有。』莫瑞喘了一口氣，似乎深陷在兩年前回憶裡。

『我很怕診所或附近出事，害怕有小偷想趁診所休診趁火打劫，所以才拍了幾張停在診所門口的車子照片。如果真的有事情發生，我就能提供照片給警方。我可不希望醫生出事，我不想換診所，在這裡看診，對我和我父親都太方便了。』

『你還保留那些照片嗎？』

『應該還在。電腦裡面資料很多，要找一下。』莫瑞起身走進自己房間把電腦打開。

天氣已經改變。幾道陽光從天空中透出來，在雨中顯得薄弱。這時候的細雨在微弱的光線下看起來像銀色的薄霧，如幻似真。伯格在客廳裡來回踱步，等莫瑞的電腦正常運轉，同時看著窗外緩慢滴落在樹葉上反彈起來的水珠，還有在馬路上繞轉的水流。

『你可以進來了。』莫瑞走出來告訴他電腦準備好了。

伯格跟著他走進一間混雜著汗味和食物味道的房間。日夜顛倒的作息往往會走到這種地步，這個味道讓他想起自己修雙學位時的窘境。

『隔天的白天還有其他人進出嗎？』趁著莫瑞打開電腦的時間，伯格繼續往下問。

『我的睡眠時間不固定。睡前我又往窗外看了幾分鐘，沒有看到人員進出。』

『車子呢？都開走了嗎？』

『沒有。一直都有車子停在停車場，大概持續了三天。不論白天或晚上，至少我醒著的時間，都會看到兩輛或三輛車子。很安靜，沒有聽到什麼奇怪的聲音，也沒聽到鄰居抱怨，所以我當時覺得應該只是偶發狀況，沒去理它。』

莫瑞打開《檔案總管》，進入《圖片》，裡面有許多檔案夾。大部分都有檔名，有幾個只有日期。所以就挑距離現在時間約兩年的檔案。

『應該就是這個。』莫瑞打開檔案夾。

伯格默默看著電腦裡的照片，診所前面停滿了車子。從第一張圖片開始，下一張，下一張。檔案裡面有二十張照片，完全沒有拍到人，只有不同角度拍攝的車子。伯格的眼睛在發亮。

伯格心裡想，這麼多人半夜在診所做什麼事情？伯格對新聞有靈敏的嗅覺，看到這些照片又讓他開始冒汗，臉頰泛紅。從開始調查以來，這是第一次發現具體的事物。伯格知道有事情發生，但是照片看不出所以然。

他需要這些照片，因為它們可能成為是不是有辦法繼續調查的唯一希望，雖然他覺得這非常有可能只是另一次無望的拜訪。但他不得不承認，這短短訪談，所得到的比之前的調查還要多。

伯格心情激動，緊閉雙眼，努力思考著。當他調整好呼吸，然後睜開眼睛，視線從照片轉向工程師，然後抓住他的肩膀，用懇求的眼光對著他說：

『我可以拷貝這些照片嗎？我有帶隨身碟，想帶回去查看是不是有新發現。我不會告訴任何人是你給我的資料。』他邊說邊從郵差包裡搜出隨身碟，把它交給莫瑞。

『我不知道這些照片代表什麼意義，如果你發現了你所要找的東西，你會怎麼辦？』

『如果可以證明這些照片具有非常高的新聞價值時，我會在第一時間通知你，同時告訴你我會怎麼做。』伯格帶著嚴肅的表情道出他心裡的說法。

『好，你就拿去用吧！』

『沒有任何條件？』

『沒有，我不想惹麻煩。不過有一件事，讓我知道情的發展，如果有發現什麼一定要讓我知道。』

『就這麼說定了。我保證。』

莫瑞拿著伯格的隨身碟插入電腦，複製檔案，然後順手在便條紙上寫下自己的姓名電話交給伯格。伯格也在名片上寫下自己的名字還有手機號碼。

『另外，我想知道你是用哪一品牌、哪一型號的相機拍攝。還有你是站在哪個位置往外拍的？』莫瑞先翻出相機給伯格抄型號，接著拿著相機站在窗戶旁邊說明可能拍攝的角度。伯格用自己的手機依照同樣的角度也拍了幾張。

許多民眾很熱心，但又不希望事情會牽扯到自己。這種情況和恨不得能出風頭的爆料者不同。事情如果有進展，他會把莫瑞當成秘密的消息來源。

『對了，接下來連續兩星期都是這樣。總共有三次，每次大概三天。之後就再也沒發生過。』

『總共有三次？跟你剛剛描述的狀況一樣？連續三個星期？』伯格的聲音聽起來像是在尖

叫。

『是的。』對於伯格異常的反應，莫瑞的回應聽起來也很雀躍，好像是他拍到的這些照片，新奇程度可以媲美發現新大陸。

『往後的這兩年有沒有再發生同樣的狀況？』

『沒有。』

『另外兩次你有拍照嗎？』

『沒有。第一次之後並沒有不好的消息傳出來。所以我當時認為是他朋友或親戚臨時找他看病，所以後面兩次我都沒有拍照。』

『你有跟別人說過這些嗎？』

『沒有，』莫瑞抓頭傻笑：

『如果不是你來，我根本就忘了這件事。』

伯格向莫瑞一再保證，不論有好的或壞的消息，他一定會第一時間通知他。

跟莫瑞道謝後離開。伯格無法斷定這條線索有多少價值，這可能打中核心，也可能毫無關連，所以他仍然花些時間把這面對診所的住戶訪問完，希望持續的訪談能有其它的發現或可以佐證莫瑞所說的。接下來的訪談，跟一開始時的經歷差不多，有去診所看病，但跟柯斯塔醫師並不熟，除了醫病接觸並無多談。柯斯塔醫師對待病患的方式也沒有負面的說法。

外面的天色已經開始暗下來，雨也已經停了，但雨跡仍處處皆是。

隨意在附近找了間餐廳，點了份快餐和一杯熱茶。餐後，他兩眼凝望著路上的車流，一邊回想著這事件發展。他試著去想像那幾天診所到底發生了什麼事，也試著去忖度尤哈斯和柯斯塔之間究竟有何牽連。從《蓄意謀殺》事件決定由他獨訪的那刻開始，他醒著的每分每秒都和著這個事件牽連在一起。他沒有一個晚上有足夠的睡眠，每天熬夜上網追尋尤哈斯與柯斯塔的蹤跡。縱使網海裡存有無數的資料，挖掘再多，沒有實際的探訪佐證，這些資料就不存在任何意義，只是一堆文字，還有一堆令人看了茫然的照片。

但是這一回，唐・伯格可是扎扎實實挨家挨戶的探訪，打開每道大門，踏遍每棟樓房。這些照片替他打開了路燈，或許可以揭開難解的謎。

夜色已降，隨處可見水窪閃爍著水光。走了一整天，心裡想著，現在能挑戰柯斯塔的物件，就是這些照片。不過，他必須先查明車子的主人是誰。

雖然很累，希望趁著記憶猶新，回到家之後仍一鼓作氣把能想得到的問題清單逐一列好。然後脫掉衣服，關掉電燈，床上躺平，睡意立刻將他吞噬。

# 11

## 五月十九日　星期一

一早進辦公室，伯格放下包包，立刻撥了電話。

『艾瑞克，早安！我是唐，麻煩幫我查一下這三張車牌是登記在誰名下。不用詳細資料。』伯格唸了車牌號碼。

沒有在第一時間求證，是因公務機關假日不上班。他比任何人都更想早一點知道答案。伯格心情是焦急的，心有多急時間就過的有多慢，即使是短短幾秒鐘。他把電話緊緊貼著耳朵，就怕漏掉什麼，拿著筆的右手，不停地在紙上隨意亂畫，聽著艾瑞克打電腦的喀喀聲。

『第一個號碼的車主叫凱恩・尤哈斯。另外兩個車號是登記在尤哈斯金融控股公司名下。看來不妙喔，財閥惹到大記者啦？』艾瑞克開玩笑。

『哈！沒事，違規停車，想檢舉賺外快。謝謝啦！』

掛了電話的伯格帶著勝利的眼神看著在便條紙上寫下的名字凱恩・尤哈斯和尤哈斯金融控股公司。如果他需要一個證據來證實編輯會議的推測，那就是這個了。時間很明確，都是兩年前左右，凱恩・尤哈斯確實去過柯斯塔診所。他想起柯斯塔曾經跟他說過的話：

『沒有比醫生更適合當殺手。前提是他必須來醫院或診所。』

事實已經擺在眼前。而且這些照片只有他有，連柯斯塔都沒有。

『編輯會議晚一小時開。我需要一點時間把所有資料、照片重新安排順序。』伯格抬頭對辦公室裡的拉伊爾、傑林、納吉說。

伯格把之前找到的照片、影音檔、錄音檔，還有從尤哈斯傳記上影印下來的資料從最上方的抽屜裡拿出來，把所有資料攤在辦公桌上。

依照時間——以工程師所提供的照片為中心點——重新排列所有的影像、資料：訪談的、網路上的。他逐一將日期、活動狀況、臉部表情與身體活動力依照時間整齊列放在兩邊。在拿到工程師的照片之前，所有的影像資料只能當作訪談參考，現在都成了鮮活的證據。

『你是去參加《荒野求生》嗎？怎麼臉色這麼難看？』傑林露出吃驚的樣子對著站在他們身邊的【社會組】記者說。

『你們快來看這個。』【社會組】記者請大家去看網路快訊。

舞蹈家珍・莫羅之女海妲・奧拉在醫院開記者會控告柯斯塔醫師。

『今天一早，我母親在吃完早餐之後，走到客廳看報紙。看到一半，突然失去意識。救護車送到醫院時已經沒有生命跡象。醫師研判是猝死。母親過世令人遺憾。還有一件更令人遺憾的消息，在這裡，我要代替母親控告柯斯塔醫師，罪名是蓄意謀殺。』哭紅雙眼的海妲・奧拉邊說邊擦眼淚。

『為什麼要控告柯斯塔醫師？不是猝死嗎？跟柯斯塔醫師有什麼關係？』現場的記者們急著發問。

『這件事情和柯斯塔醫師的關聯性，我想由法官來告訴大家會比較合適。』

『既然是猝死，提告對柯斯塔醫師來說好像不公平。』

『生命本來就不公平。既然要提告，我不應該說太多，司法可以解決大家的疑慮。謝謝大家。』海妲・奧拉說完之後由律師陪同離開記者會現場。

和凱恩・尤哈斯的記者會內容如出一轍。珍・莫羅？蓄意謀殺？伯格盯著螢幕咕噥道。拉伊爾、傑林、納吉也瞠目結舌地瞪著電腦螢幕，動也不動地僵在螢幕前。

除了快訊的聲音，整個編輯室沒人開口說話，就算是一般民眾也看得出這兩件案子有關聯。一發子彈也許是誤射，也許是巧合，但兩發就表示企圖殺人。蓄意謀殺是真的，不是誤解。殺人一定有理由，金錢利益、懷恨報復對尤哈斯而言，或許可以成為殺人的理由，但是對珍・莫羅，金錢利益、懷恨報復就顯得牽強。柯斯塔醫師肯定有不可告人的秘密。

大家慢慢走回各自的辦公位置上。傑林拿起筆，在手上不停的轉動，眼睛看著電腦，好像在思考什麼。其他人也看著自己電腦的網路消息更新狀況。伯格則繼續整理資料。沒有人開口說話。

已經是第二起蓄意謀殺事件，媒體就像禿鷹一樣又嗅到另一塊腐屍，快速俯衝前往搶食。

連續兩個大案件，簡直就是老天爺送來的禮物！第二樁蓄意謀殺，對記者們所造成的驚嚇程度並沒有減弱。太好了，現在全國所有記者全部都要扮起偵探，試圖破解這兩宗謀殺案了。

『準備開會。』等伯格整理好資料，起身告訴大家到會議室集合，順便走到總編輯辦公室敲門，

『我準備好了。』伯格站在門口對正在改稿的莫爾納說道。

『好。我等等就到。』莫爾納抬頭回應柏格。

莫爾納把正在閱讀的稿子闔上，筆放下，緊接著走進會議室。

『我確定我們碰到的是一樁《連環謀殺案》。』當伯格利用電腦線連結電腦與螢幕的同時，傑林率先打破沉默。伯格回頭看著傑林。

『你是在暗示這兩件蓄意謀殺案是項陰謀？』拉伊爾回應。

『是的，而且是經過縝密的計畫。』

『但是他們倆竟然會牽連在一起，不是很奇怪嗎？』

『柯斯塔還是有不在場證明。』

『事件愈多，情況卻愈模糊。』

『我如果是柯斯塔醫師，會覺得毛骨悚然。』

『為什麼？如果真有殺人，對醫生來講，就跟開刀失敗，病人死在手術台的意思是一樣，沒什麼好害怕的，頂多只會內疚而已。』

等大家都坐定、說完，伯格先放莫瑞的錄音檔給大家聽。然後打開重新調整過的檔案，開始解釋表格內容與影像。

『我剛剛花了一點時間把影像重新排列。尤哈斯家族到柯斯塔診所的時間點符合利奧・尤哈斯生理上的改變。』

『從四年前的行動不便，到兩年前大有改善的活動力，這是去過診所之後所拍攝的照片和影片，從影片中發現走起路來沒那麼吃力，沒看見使用拐杖。』伯格在螢幕上同時顯示兩者的對照。

『柯斯塔醫師是怎麼做到的？』

『沒有人會在半夜去診所。』

『莫瑞所提供的照片有請影像單位檢查過，沒有修改，百分百原照。』伯格指著照片上的日期。

『所以他們確實有跟柯斯塔醫師接觸，而且是去診所。是自願的。』

『海妲・奧拉的母親是不是也去了診所？』

『不知道。莫瑞說，他只拍這次，之後診所發生同樣的事，他沒拍。』

『既然要暗中行動，為什麼不去他家？尤哈斯家更隱密。』

『應該是考慮診所有維生設備，萬一有事方便急救。』

『既然是自願，而且事後證明利奧・尤哈斯狀況恢復得不錯，為什麼提告？是因為對最後的《治療》結果不滿意？』

『或許柯斯塔醫師有保證病人不會死也說不定。』

『這兩件事一定隱藏著陰謀，一件非常邪惡的陰謀。』

『如果我們拿這些照片直接指責柯斯塔殺人，他肯定會氣得吐血。』

『我喜歡這個主意。』

『如果我們要指控某人，這條新聞勢必得經過徹底調查。』莫爾納忍不住開口說話。

『我們應該正式跟柯斯塔醫師約個會。已經有兩件同樣的控訴案，加上有了這些《證據》，或許他願意比較深入……告訴我們。』伯格接著說。

到目前為止，他們的探訪都是單方向，沒有原告的說明，也沒有被告的解釋。沒有背後動機，等於空有照片。伯格聯想起，原來，柯斯塔是不折不扣的《掠食者》，而凱恩・尤哈斯的父親，海妲・奧拉的母親是《獵物》。他所掠奪的不是食物，而是生命。掠奪別人的生命，對他有什麼好處？伯格想起和莫瑞的對話，總共有三次。如果珍・莫羅也去過，那麼應該還有一個獵物還沒有現身。

『這樣的結果已經超乎預期了，莫瑞的照片確實解決了時間點的問題，但是沒有背後的故事，照片成不了事。接下來你打算怎麼辦？』一直坐在椅子上專注看著伯格說明的莫爾那抹抹嘴唇，笑著問伯格。

『先訪問凱恩・尤哈斯，畢竟他是原告。如果他不願意接受採訪，再找柯斯塔醫師。我們先解決這件事，你們覺得怎麼樣？』大家點頭表示同意。

『我很樂觀的認為這個調查會有突破性的發展。』總編輯鬆了一口氣繼續說道：『接下來就等更詳細的訪談內容，很有機會寫成專題報導。』

會議解散後，大家回去編輯室。拉伊爾和傑林收拾好資料拿著背包走出辦公室，要去做先前議題的採訪。納吉則打開電腦檔案，戴起耳機重新聽著之前的採訪，一邊做筆記。

伯格先撥了電話給凱恩．尤哈斯。沒人接聽。下午三點，終於撥通電話。

『尤哈斯先生，你好，我是終極雜誌社的記者唐．伯格，想找你討論你和你父親在兩年前的深夜拜訪柯斯塔醫生診所這件事，我有你們車子停在診所前面的照片。』

『很抱歉，目前案件正在偵查，我無法公開內容。』他被掛電話。

偵查中的案件不能透漏案情，他只能苦笑。本來打算先問過原告，或許柯斯塔醫師更願意接受採訪。

那也沒關係，就改撥電話到探索診所。娜塔莉說醫師正在看診。

『我只會佔用他幾秒鐘的時間，不會耽誤到他看診。麻煩妳跟柯斯塔醫生說我只要十秒鐘，這件事真的很急。拜託妳。』

『我先問問柯斯塔醫生願不願意接聽。』

伯格聽到保留電話的音樂。很快就接通電話。

『柯斯塔醫師，我是唐．伯格，上星期我們在創世紀科學公司見過面。』

『上次我們見面的時候，該說的我都說了。』

『這次不一樣。記得上次離開你公司前我曾說過，如果我們有找到蛛絲馬跡，希望你會願意再次接受採訪，而你也同意。』伯格深深吸了一口氣，繼續說道：

『現在我們手上有尤哈斯父子在兩年前深夜拜訪你診所的照片，我們認為這些照片可以證明你和尤哈斯家是有聯繫的。而且我還知道，利奧‧尤哈斯是被推進診所，所以你們見面是他們《自願的》。』就像對凱恩‧尤哈斯說的，只是他講的更白，而《尤哈斯是被推進診所》這件事，他完全倚靠莫瑞的說法，只是一種試探。他必須在短時間就吸引柯斯塔的注意，他只有十秒。

『我有麻煩了嗎？』

『有一點。』

『既然這樣，為什麼不把照片直接公開？這會是一條大新聞。』

『之所以不願意公開照片，是因為我們相信這還只是冰山一角。單純公開照片對雜誌社沒什麼意義。公開照片一定會引起討論，然後呢？可能什麼也得不到。直接公開照片也很危險，很容易就被否定掉，你可以說這些是假照片。我們相信他們會把車子停在你診所前面，絕對不會只是剛好那裡有停車位。至於你們見面有什麼內幕，我們不想妄加猜測，由你來說明會更適合。』

『或者你們擔心，照片一旦刊登，勢必會驚動全國，引來搶新聞的人潮。』

『不擔心。雖然我們不追捧獨家，但如果可以，那等同是給我們的桂冠，我們也很想要。

況且我們也不想在查訪這件事時不時撞見一大群記者！我們相信，照片背後有故事。』

『我建議你可以把已經查到的都登出來，雖然都還只是表面的東西，現在可是熱門的新聞！別放棄了。』

『同意。不過，就如同我們對讀者保證過的，沒有扎實的內容，我們不會登出這條新聞。』

伯格正在發揮他無比的說服力：

『如果你想逃出這一場風暴的話，現在正是時候。或者你認為這件事會自動消失於無形？』

『我一向很樂觀，的確抱有這種希望。』

『我期待你對我們推心置腹，把所有秘密都告訴我。你知道的，我們不是一般的媒體，我們會做最公正的報導。』

『很聰明。你的重點是什麼？』

『我們想知道隱藏在《蓄意謀殺》裡的故事。我們想寫的是故事。我可以再多說一點，他們會在診所裡待三天，絕不會只是單純聊天或參加宴會這類的事情。』

講這些話的伯格其實一點把握也沒有，但根據莫瑞說的，這是事實。他知道他必須先對柯斯塔坦白，他才可能接受採訪。他必須跟柯斯塔見面，只要他答應見面，他就能挖得更深，故事就會越精彩。幸運一點，他甚至連挖都不必。

『你有匿名消息來源？』

『如果再多給我一點時間，我會找到更多。』

『凱恩・尤哈斯嗎？』

『不是。凱恩・尤哈斯這個目標太明顯了，大家都在找他。而我相信他什麼都不會說，如果能說，他在記者會上早就說了。是一個誰都想不到的小人物。』

柯斯塔似乎在沉思，久久不語。正當伯格打算開口時，電話那頭傳來：

『你似乎有神奇的消息來源，何不讓我們先來看看你能找到些什麼？』

『願聞其詳。』

『比起即將現形的大內幕，照片簡直是小巫見大巫。我可以對你說明來龍去脈，但在這之前，想請你找時間去護理之家或老人安養院看看，告訴我你看到什麼？你的感覺是什麼？我們再約時間。』來不及回應，電話已被掛斷。

伯格知道，他們即將有個豐收的一天。

# 12

## 五月二十日　星期二

伯格在前一天就打了電話詢問幾家安養院，假裝幫父親找個可以安頓以及可以交新朋友的地方，想先代替父親先去了解狀況，看看未來的居住的環境。他們都非常樂意他前來參觀，同時說經理會親自接待。他打算參觀兩家安養院。利用谷歌地圖查詢之後，他知道他即將前往的地方都不在市區。

第一間安養院波特萊坐落於高速公路外三公里處。當他的車子一開離市區，公路兩旁是一塊又一塊相互緊鄰的農地，遠處是一望無際的原野。平常都住在市區的伯格想都想不到，這間安養院離市區只有數公里而已。

看了一下已經設定好的導航指示，他即將右轉進入小路，再過幾分鐘就到達目的地。沒多久就看到位在山坡上、四周樹木環繞的波特萊安養院。白色建築讓人感覺像工廠。抵達後，把車停在小路附近的停車格。安養院入口兩邊的馬路邊畫有許多停車格，相信是為方便訪客停車而規劃的。

安養院經理蓋・霍夫曼者已經依約在大門口等他，伯格走上前去，

『你好。我是唐・伯格。』兩人握手問候。

『你好。我是蓋・霍夫曼，叫我蓋就可以了。你說你是幫你父親先來參觀安養院？』他們邊往裡面走邊聊著。

『是的。先幫父親做一點調查，到時候再讓他親自來看。』

『是這樣的，我們把這裡營造成像平常的社區，讓住在這裡的人感覺溫馨，就像住在家裡一樣。我們提供健康的飲食，這裡有護理人員，需要看醫生也沒問題。我們有交通車隨時把有需要的住戶送到最近的醫院。這裡有很大的花園可以讓老人們在裡面悠閒散步。要運動也行，我們提供很多運動設備和場地。』霍夫曼極力推銷。

伯格往裡面看，有好幾座五層樓高建築物錯落在院子裡。院子裡種了許多的灌木，樹葉茂密且修剪整齊。有花園，花園旁邊開闢許多交錯小徑，方便老人們散步。

霍夫曼帶著他來到安養院的主樓入口，推開玻璃門走入大廳，裡面光線充足，溫度適中，看起來溫馨舒適，營造的氣氛很像一般的居家環境。正方形的大廳傳來吵雜聲，有一股飯菜味。霍夫曼說，許多住在裡面的年長者正在和家人聚會，一起用餐。大廳裡充滿歡樂氣氛。放眼所見，雖說是安養院，但並不會讓人感覺遲鈍或者有枯老的感覺。

『方便讓我和住在這裡的人聊一聊嗎？我想知道他們住在這裡的感覺。』伯格問道。

他看見有位老人獨自一人坐在沙發區喝果汁，雙眼盯著電視。他對霍夫曼示意。霍夫曼帶

著伯格走向老人。老人發現有來人，抬頭看了他們，低頭繼續看電視。霍夫曼介紹他們認識。

『您好。我是唐・伯格。』走到老人前面順便問候：

『打擾您了。我代表父親先來看看這裡的環境。您對這裡的生活滿意嗎？』

老人的臉頰消瘦，乾燥皺褶的皮膚往下垂。

『大部分都還不錯。』老人用手巾擦擦嘴，用帶著沙啞的聲音緩慢繼續說道：

『只是不能到處跑。住在這裡像坐牢一樣。』

『可以呀！這裡有很大的花園，您可以到處走動，看看花草，也可以在草地上野餐或曬太陽。這裡很自由的，您想在哪活動都沒有問題。』站在一旁的霍夫曼趕緊彎下腰解釋。

『我指的是去城市裡到處走走，或者可以自己搭車到別的地方。而不是一直待在這裡。』

老人丟給他一個歹毒的眼色後，又繼續喝他的果汁。

伯格陷入沉默，不知道該如何回應老人的無奈。他完全沒有料到會有這樣的對話。

『謝謝你。』伯格和霍夫曼告別了老人。兩人轉身來到大廳門口，

『我想自己到處走走看看這裡的環境，你不用陪我，等等再回來找你。如果有其它的問題到時候再問你。』伯格不想要霍夫曼的陪伴，主要是不希望有人在旁邊嘮叨，錯失了觀察的機會。

走出大廳，看到不遠處，有兩男兩女帶著三個孩子往主樓入口處走，他們八成是來拜訪家人。也看到幾小撮人群在院子裡漫步，聊天。

安養院的居住環境整齊清潔，伯格心想，他自己的住處都沒有維護的這麼好。還有足夠的

醫護人員，對老人們這裡確實是一個適合養老的好地方。

看著這些老人的臉，伯格心裡忽然泛起一股暖意。他永遠都不會知道自己父親老了的時候是不是也是這個模樣，他很想伸手捏捏這些老人的手。住在這裡的老人應該是愉悅的，他真的這麼想。

然而伯格發現，並不是每位住在這裡的老人都很滿足。有少數老人無心整理蓬亂的頭髮，穿著凌亂，顯然有更重要的事情佔據了老人的心思。

愈往裡面走，他看見好幾個需要輪椅代步，甚至需要助行器的輔助才能緩緩走動的老人。少了輪椅或輔助用具，他們可能無法好好走路，甚至無法移動。

他特別觀察一位老人利用助行器緩慢的走在草坪上，很吃力地跨出每一步，身後幾步之遙有一名照顧他的看護跟隨著。伯格一直看著他緩緩而行，他跨前兩步，想去找老人攀談，但後來停住，不忍心打擾，就一直看著，直到老人從視線裡消失。伯格走回主大樓找霍夫曼。

『家人每天都可以來嗎？』

『當然，不過通常在周末或假日才會有比較多人來訪。你知道的，這些老人的孩子通常都已經結婚生子，偶而來拜訪這就能讓他們開心談論一整個禮拜了。』

『所以，大部分的時候這些老人們是一個人過日子。』伯格問道。

『也不是，老人們也會在這裡交新朋友。有時候是幾個認識的人一起住進來。他們並不孤單。』

『可是我看見好幾個沮喪的老人，顯然，他們住在這裡並不快樂。』

『我想我大概了解你想問的。他們不開心不是因為這裡的環境不好，應該是行動不方便，親愛的伯格先生，這才是重點。』霍夫曼嘆了口氣繼續說道：

『我曾經出過車禍，左腿脛骨斷裂必須裹上石膏，很長一段時間完全不能走路。身體雖然慢慢恢復，但是在那一段完全無法下床的日子，我心情非常惡劣。生氣也沒用，只能耐心等病好。我當下曾經發誓，只要能讓我正常走路，用幾年的生命來換我都願意。』霍夫曼認真的神情令人吃驚。

『恭喜你，你現在很正常。有健壯的身體，還有靈活的四肢。』伯格稱讚他，希望緩和氣氛，然後繼續問道，

『這些老人都是在什麼狀況下住進來的？』

『有些人是希望在這裡可以交新朋友，有其他人陪伴。有些人是因為年紀大了，動作變慢，子女們擔心意外，也擔心他們沒有辦法照顧自己。他們希望老人們住在這裡可以過正常的生活。』

『我發現一件事，這些行動不便的老人在我剛走進安養院時一個也沒有看到，是走到庭園裡面才發現的。』

『你說得沒錯。根據我管理這裡十幾年的經驗，這些需要輔助器才能好好走路的老人們，生理的障礙影響心理，真正讓自己過不去的是尊嚴，他們不想讓別人看見自己的不方便，所以他

們大都在比較隱密的場地活動。』

『是你的觀察，還是你有問過他們？』

『一部分是觀察，一部分是老人們親口說的。有些人不在意自己是不是可以自在的活動，有些人卻耿耿於懷。你怎麼會對他們這麼有興趣？』

『也沒什麼。我在想有一天等我老了，如果不能自由活動，我會怎麼想，又會怎麼做？』

『放心，你會想要好好活下去。』

『我懂。謝謝你花時間帶我參觀，我會再找時間陪父親過來。』伯格和霍夫曼握手道別。

根據伯格的觀察，部分老人的活動力，符合照片中利奧・尤哈斯晚年的寫照。他的生理表現和安養院的老人這麼相似，在心靈上是不是也一樣因為行動不便而感到孤獨？有一顆想飛的靈魂，卻禁錮在自己身體的牢籠裡。甩開各種想法，趕緊發動車子前往第二間安養院，他可不想遲到。

# 13

股票上市的創世紀科學公司已經有32年的歷史，跟百年製藥廠比起來算是年輕。但其藥品、製劑極為多樣。除了臨床治療藥物，還有檢驗試劑、預防醫學、生命科學研究領域實驗、分析用的製劑。生物研究領域的製劑包含蛋白質功能分析、免疫分析、細胞培養等等。

至少領有二十張藥證。目前還有數項創新藥物正在進行臨床試驗。

值得一提的是，八年前成立的實驗室投入《擬細胞分泌素》、《類荷爾蒙分泌素》、《蛋白質與醣分子合成》等高端分子生化領域。除了十位頂尖研究人員，實驗室以柯斯塔醫師為主、佩德醫師為輔。佩德同時規劃主持 Phase I~IV（附註1）藥物臨床試驗部門。

臉色泛紅的佩德走出電梯，快步走向辦公室，直接把門踢開。正在辦公的柯斯塔抓起辦公桌上的鎮尺跳起身來，幾乎要往外衝，以為有人鬧事。看到是怒氣沖沖的佩德才又坐回椅子上。他預計佩德即使趕著回來，也應該是在下星期，沒想到他竟然放棄和國外廠商交流的機會，在這麼短的時間就急著回來。真沉不住氣。他搖搖頭。

嚇壞了的秘書趕緊跑過來把大門關上。

空氣中瀰漫著風雨欲來的氣氛，充滿著閃電，充滿著壓力。

『媽的，給我說清楚，你到底做了什麼？不要讓我成為開除你的那個劊子手。』佩德握緊拳頭，額頭青筋暴露，怒視著柯斯塔。

在柯斯塔聽來，佩德的吼聲好像從另一個時空傳過來。低沉又渾厚聲音，在辦公室裡迴盪再迴盪。面對佩德的咆嘯，柯斯塔卻充耳不聞。

從機場飛奔回來的佩德，一臉疲憊和怒容，滿布血絲的雙眼讓一張怒容看起來更嚇人。顯然他用了極大的自制力，因為可以看到他咬牙時臉上肌肉的牽動。

坐在辦公椅上的柯斯塔前後晃動著身子，一直不說話，同時也盯著佩德。他知道只有暫時閉嘴才能讓如炸鍋般炸開了的佩德緩和下來。在他的經驗裡，佩德即使是在最生氣的時候，蹦出超大火花的時間也不會超過十分鐘。最生氣的那次是因為柯斯塔不聽佩德勸告執意改變實驗流程而導致實驗桌失火，他不但要幫忙收拾殘局，還連帶被教授罵。

柯斯塔瞄了一下手表。他在等待最適當的時機。

『接到股東電話，要我趕緊回來把事情弄清楚，要不然他們就要《清理門戶》。』

說完這句話後就停住了。時間一秒一秒過去，誰也沒開口，完全被沉默所籠罩，氣氛僵到極致。又經過好長一段時間，佩德後退幾步，依舊在落地窗前來回踱步，就像一個在等待時機要隨時開火的士兵。這些舉動，柯斯塔看在眼裡，手上把玩著鉛筆，依然不為所動。他還沒打算開口解釋。

佩德嘆了一口長氣，緊繃的表情稍微放鬆。緊張氣氛稍稍減弱。

柯斯塔看在眼裡，順手打開抽屜，翻出一份文件。離開自己的辦公桌，走到佩德面前，把文件夾遞給他。佩德伸手把文件搶了過來。打開文件夾，一邊在落地窗前踱步，一邊翻閱文件。

本來已經稍退的火氣在看完文件之後又上來了。佩德拉著柯斯塔的衣領強迫他走到沙發椅區，壓著他坐下，那種氣氛就彷彿佩德想把柯斯塔摜向牆去。

『快說。我要知道所有的細節。』佩德想轟柯斯塔，卻一點彈藥也沒有。坐定的柯斯塔很想對他擠出一點笑容。但是擠不出來，佩德真的生氣了。

『你這麼急著回來幹嘛，事情已經發生，早處理晚處理結果都是一樣。』

『我再不回來，董事會可能會叫我這輩子都別回來。』

『我已經爆紅！』

『被告蓄意謀殺是有什麼好得意的！真的很蠢！』此話一出，更加激怒佩德。

柯斯塔終於開口，利用幾分鐘時間解釋為什麼會被告。

『你一馬當先，把這東西拿去當做遊戲的籌碼，而我們其他人，卻必須照單全收你行動的後果。真搞不懂你。』雖然知道來龍去脈，他顯然怒氣未消。邊說邊像被激怒的籠中猛獸般在辦公室裡走來走去。

柯斯塔繼續等待下一個開口的機會。

『你不信任我？你可以這樣自作主張？我們不是團隊嗎？我感覺遭受背叛。』

『我當然信任你，我們當然是一個團隊。』柯斯塔稍稍緩了一口氣繼續說道，『仔細聽我說，我當時是準備要從事《犯罪行為》，有可能引來牢獄之災，我不希望你、娜塔莉或公司任何人捲進去裡面。即使透露計畫也不行。』柯斯塔用手刀劃過脖子，表示殺人犯罪。

『你用的是公司的藥。撇開私人關係，我跟你工作關係密切，而娜塔莉是你診所的工作人員，你真的這麼天真地以為別人會認為我們跟這件事毫無關聯？』

『我是被告，檢查官一定傳訊相關證人。誰離我最近？我身邊每一個人。如果事先告訴你，而你沒有通過測謊，到時候可能淪為共同被告。』他的口氣很堅定，

『我不希望任何人沾上邊，一點點都不行。尤其是你。』柯斯塔直視著佩德繼續說道，『我費盡心思把身邊的人排除在外，我並不期待你會諒解。』

『你只想到身邊的人，那麼公司呢？這份合約雖然可笑，但公司卻可能遭受無情的攻擊。』佩德說的是事實，他是實驗室主任，至少公司是脫離不了關係。

『所以你把我跟娜塔莉都趕出國？現在回想起來，那次度假簡直就是惡夢的開始。』佩德竟然苦笑出來。

『我管不了那麼多，謀殺案牽涉到公司的問題我也無解。但至少我可以幫你們製造《不在場證明》。』柯斯塔知道佩德的氣快消了。

『計畫是什麼時候開始萌芽的？』直到現在，佩德才重重地坐下沙發，把資料丟向桌子，

身子向前傾，低著頭，雙手摩娑著太陽穴。

『從新藥申請臨床試驗案被駁回之後就開始了。』

『你做這件事情，也改變不了臨床試驗被駁回的事實。』

『我知道。但是，我想知道臨床試驗最後的結果，沒有臨床試驗，沒有人知道最後的結果是什麼。至少我幫助了幾個人，達成了一個很有價值的目的。』

『你是幫助了幾個人，那公司承受的風險該怎麼辦？』佩德提高聲量，

『我都還沒來得及計畫新藥臨床申請被駁回後接下來的發展，你就已經準備好要大展身手。我很懷疑，臨床試驗被駁回的案子是不是讓你崩潰了。』佩德怒氣又起，抬頭掃視柯斯塔。

柯斯塔站起身，走到佩德對面的沙發坐下：

『絕對不行。我知道這樣做太過份，讓你狼狽不堪，也讓公司背負壞名聲，這樣的傷害得花很多代價彌補，特別是金錢。』柯斯塔帶著誠懇的語氣，

『但是你一定要相信，對你隱瞞是唯一的選擇。很抱歉我把事情搞得這麼複雜。你要召開特別董事會，要處理很多事情。』柯斯塔所說的這些話對佩德絕對是鼓勵。柯斯塔拍拍他的肩膀。

『如果這件事被新聞界知道，後果有多嚴重，你想過嗎？他們都像鯊魚，你知道的。』佩德用手頂著頭，嘆著氣。

『你不必擔心，現在的新聞界大都已經沒有那個好奇心，也無心挖掘表面上看不到重點的東西。他們現在大部分都只在網路上挖新聞。』柯斯塔繼續說道：

『我會扛起擔子。』

『外人會覺得你私下使用未經核准的 TRI 是個蠢蛋，而我是要你走路的王八蛋。你離開剛好給媒體大作文章的機會。』

『你即將面臨一個艱苦的考驗。』柯斯塔完全了解他要說什麼。

『我會說服董事會。研究仍然會繼續。不會有其他人接手你的工作，研究方向也不會改變。』

佩德雖然不開心，也很想揍他一頓，但他相信他。

他們之間，有摯友間的互信互諒，互相分擔日常、工作上的點點滴滴與喜怒哀樂。

『目前最重要的是保住公司信譽，你和我一樣清楚。」柯斯塔的音調沒有起伏，

『我認為只有把事實攤在陽光下，才能挽回董事會的信任。對董事會坦白，不要只是說服。』

『你說什麼都行。』佩德雙掌在下巴前疊成金字塔形，陷入沉思，柯斯塔則試著不去打擾他。兩人各懷心思，有好一陣子都沒有再說話。在一陣無語之後，

『我有新計畫，但還沒完全計畫妥當，等計畫成熟再向你說明。』佩德本來閉著眼睛，一言不發，然後抬頭直愣愣地瞪著柯斯塔。

『又有新計畫？你是在開玩笑吧！董事會的容忍是有限度的。你真的是……」佩德氣到說話的嘴巴都歪了。

『瘋了？這早就不是什麼新聞了。』柯斯塔一陣乾笑，

『新藥對你而言可能只是新藥，對我而言是另一回事，你懂得。你要任人宰割，我可不願

意。』柯斯塔清了清喉嚨繼續說道，

『新計畫是孤注一擲，也會是我們最後的王牌。另外，我想要藉由媒體渲染這個話題。就像你說的，媒體像鯊魚，聞到血腥味肯定一擁而上。』柯斯塔吞了口水，繼續說道，

『我向你保證，這次絕對比之前更激進，也會更清楚傳達訊息。這是千載難逢的機會。』

佩德把身子往前傾，好像他沒聽清楚似的：

『你可真會含糊其詞喔！你是不是在告訴我，你要再來一次？』

柯斯塔不回應。佩德不知道該笑還是該叫。

『真想拿你去餵獅子。前一個風暴還沒結束，另一個風暴又要開始，到時候董事會同時收拾我跟你。』

『我打算進獵場，徒手打獅子。』柯斯塔的回答雖然有一點幽默成分，卻沒人露出笑容。

『你可以不要一直都這麼渾蛋嗎！快給我說清楚。』佩德跌回椅子上。

『反正公司的名譽已經賠進去了，再來一次也不會更糟。計畫正在進行，還不夠完備，先不說。但是我保證會讓你有時間先去跟董事會報告。』

『有時候你真的很惹人厭，你知道嗎？』

『我知道。現在先不談這個。』

『有人說，酒吧的服務生，因為從早到晚都在吸酒氣，所以整個人都變得醉醺醺。你呢？整天接觸實驗，吸化學藥品，最後變成科學怪客，腦袋也燒壞了。』

科學怪客冷笑不說話。

他知道這科學怪客腦袋裡在想些什麼，只能苦笑：

『好吧！算你贏了！』

附註1：一般新藥物臨床試驗大致可分為4個等級，

第一階段（Phase I），最典型的試驗為人體藥理學：始於新藥品首次用在人體。這個階段的研究通常沒有治療性目的。可能用在自願、健康受試驗者或某些特定受試驗者族群進行試驗。若有顯著潛在毒性的藥品，例如細胞毒性，通常以病患進行研究。

第二階（Phase II），最典型的試驗為治療探索：一般是以病人進行療效探索為主要目標的試驗。

第三階段（Phase III），最典型的研究種類為治療確認：主要目的為顯示或確認治療效益的試驗。

第四階段（Phase IV），各類型的試驗—治療用途：始於藥品核准上市之後。

# 14

檢查官鄧肯・舒爾茲在凱恩・尤哈斯提告後的第二天就被指派接這案子，事關大企業家，上頭擔心謀殺案件衝擊社會秩序、擾亂民心，再加上有記者打電話詢問，老大希望儘速偵辦，免得受到圍剿，即使他現在手上還有其它的案件。

舒爾茲明白，無論私事或公事，這種股票上市公司的法律案件有如大爆炸，影響所及絕對不是只有引爆的當事人和他的家族而已，連帶商業競爭和公司名譽都會受到波及，甚至股民都受到連累，股民何其無辜。

人嘛，誰不死，但案件關係人是企業家、醫師，名聲太響亮，是全國關注的焦點。醫師最常出現被告的情況是「醫療疏失」，蓄意謀殺，理論上應該只會發生在親友之間的愛恨情仇。更何況檢調單位在命案現場什麼也沒發現，死者一滴血也沒流。這案子除了屍體，什麼也沒有找到，非常乾淨俐落。

現在好了，又多了一件舞蹈家珍・莫羅女兒的提告案件。在沒真正開始調查之前，沒人能確定柯斯塔是否真的涉及這兩件命案。兩起手法一樣乾淨俐落，如果真的是蓄意謀殺，絕對是一項經過縝密計畫的行動，超絕的專業手法。

偵辦這類大事件並不是件容易的事，除非是總統被當街槍殺，否則它很難被其它新聞蓋過，媒體總會在一段時間後舊事重提，也等於時時刻刻提醒人們，《謀殺案》到現在還沒破呢！他得在新聞界將他們生吞活剝前解決這個案子。

傳票早就發出。今天十一點原告凱恩・尤哈斯將會前來說明。先找原告親自說明的原因，是因為訴狀的內容簡單但無法理解，想不記住都很難。真是見鬼了。內容只有兩行：

**兩年前利奧・尤哈斯先生接受柯斯塔醫師的《另類治療》，身體漸入佳境。**

**現在提告，是因爲兩年前的治療導致利奧・尤哈斯先生早逝，沒能夠多活幾年。**

舒爾茲忍不住翻白眼。這是哪門子提告？簡直胡鬧嘛。早逝！要不然咧，希望治療之後獲得永生嗎？舒爾茲忍不住想罵髒話。別人為你治病，你回報的方式是向對方提告。有時候很難理解企業家的想法，任性不講理是最合理的解釋。企業裡這麼多王牌律師，被告的小市民該怎麼辦？律師費、還有往返法院的時間都一點一滴的被磨損掉。即使案件成立，原告要如何證明是死於《另類治療》？

當檢查官這麼多年，什麼奇怪的提告理由沒見過，不過他心裡有底，不知道最後結果會如何，過程肯定會很有趣。

舒爾茲打開門走進偵查室。穿著黑色西裝，妝容整齊的凱恩・尤哈斯已經在等他，端正的坐在檢查官的對面的椅子上，一語不發看著走進來的檢察官。

『尤哈斯先生，這份提告內容很膚淺，您不覺得這樣的提告是在浪費國家資源嗎？』

『我不覺得。法律應該是值得大家信任的，透過法律，真相比較容易呈現出來。』

『好吧！既然你認為法律程序是必要的，那麼，尤哈斯先生你也應該要把訴狀寫好。一開始就請你來是希望你把訴狀內容說明白。它看起來像古詩，每個字我都認得，但不懂它真正的意思。』舒爾茲把訴狀往坐在對面的尤哈斯面前推送，然後繼續說道：

『訴狀內容很無厘頭。提告的真正原因是什麼。』檢查官搖頭。

『為什麼要提告和訴狀內容是有相同的目的。』凱恩・尤哈斯抹下頭髮，緩緩的嘆口氣繼續說道：

『只有提告，才能令柯斯塔醫師和我父親都得到安慰。』

『我不明白。意思是你父親和柯斯塔醫師雙方都同意用法律解決？』這句話讓檢察官愣住。

『是的。』

『可以再說清楚一點嗎？』

『沒問題。在我開始說明以前，想請你先看過我帶來的證據。如果不清楚，我會逐一說明。』凱恩・尤哈斯帶著微笑將手上的牛皮紙袋推給舒爾茲。

舒爾茲從牛皮紙袋拿出所有文件，把它們全攤開在桌上。看完第一份文件，他便能了解其中的原因。等他把尤哈斯帶來的所有文件全看完，事實擺在眼前，就如他先前預期的，很有趣。這份看似詭異的訴狀，都因這些《證據》而變得合理。

一開始誰都沒料到尤哈斯竟然會和柯斯塔搭上線，新聞界鼻子最靈了，如果他們真的有關係，絕逃不過媒體的追查。不過現在看來一切似乎都很合邏輯。舒爾茲嘆了一口氣，收回之前心裡對凱恩・尤哈斯的咒罵。

『簽合約請別人告自己！從我擔任檢察官到現在為止，這絕對是新鮮事。』舒爾茲對著凱恩・尤哈斯說道。

『我懂你的意思。』凱恩・尤哈斯帶著堅定眼神的配合檢查官的提問。

『你為什麼要簽這個合約？提告不是件好事，不論是原告還是被告。除了名譽，時間也是很大的問題。難道你們都沒有仔細考慮？』

『是我父親答應的，為了得到治療，他豁出去了。況且這並不是一個不平等條約，柯斯塔醫生也沒有想要從我們這裡得到任何好處。這個合約並不會對我們造成傷害，即使有，傷害也很小。我父親認為非常值得。』

舒爾茲在心裡暗笑，有錢就是任性。

『股價已經下跌，怎沒影響？有人認為這是操作股價的一種方手法，讓《某些人》可以逢低買進。』

凱恩・尤哈斯笑笑說道：

『我已經聽說了。如果是刻意的，那麼立刻進場買股票會是我們自己人，事實上並沒有人這麼做。有誰會想利用自己父親的死亡來操控股價？更何況我父親早就不管事。這種說法很不道德。』

『反正人已經死了。死者應該不介意被最後一次利用。這些都是外面流傳的。』

『又是陰謀論。』

『如果你選擇不提告，會發生什麼事情？』

『柯斯塔醫生會告我毀約。相信我，他絕對會做。為了這個藥，他受委屈了，我認為他也豁出去了。』

『或許就如你所說的。但是這種《毫無作為》的提告，你不覺得是在浪費國家資源嗎？』

『我同意。但是柯斯塔醫師認為，新藥審核對他不公平，國家的審核制度應該公平公正，但卻受到利益團體操控，所以應該用公權力還他公道。』

『我以為從事醫療的人都有滿腔熱血。』

『我認為他是這樣的人。如果沒有滿腔熱血，他就不會覺得委屈。但現實狀況卻不是這樣。』

『他可以證明有人操控、阻撓嗎？』

『他說他沒有直接的證據。況且對方也投同意票。』

凱恩・尤哈斯這麼做並不符合法律訴訟要件。這份提告，連法律都沾不到邊。把它當成法律案件處理，目的只有一個，藉由法律還原所有事實，也藉由法律訴訟將事件緣由公諸於世。

舒爾茲在筆記本記下，等凱恩・尤哈斯離開，他得去醫藥管理處借調資料，把所有細節拼湊完整，事情真相應該很快就能水落石出。

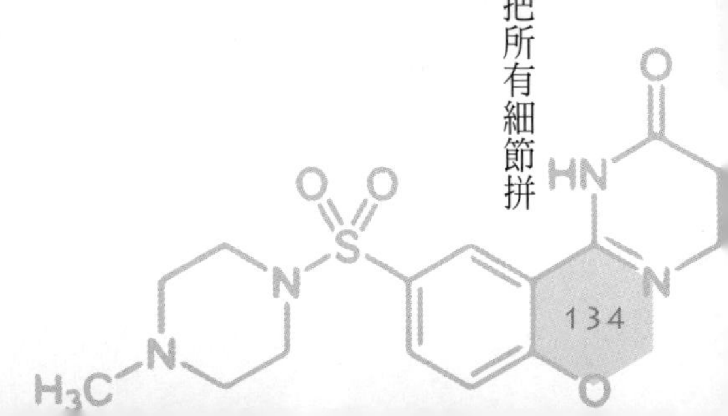

# 15

## 五月二十一日 星期三 晚上8點

伯格依約在晚上八點左右來到柯斯塔診所。他昨晚只睡了兩小時，其它的時間都花在回顧資料還有準備問題上。如果他挖不到任何資訊，那絕對不會是因為缺乏事前準備。

他的筆記本詳細列下所有他可能想得到的問題以及在特殊時刻的特別問法，甚至連萬一柯斯塔不能明講時，該怎麼應對的言詞，他全都寫下來，並且都已經能倒背如流。他不知道柯斯塔究竟在做什麼，但是無論如何，訪談遊戲就是這麼玩的。只是伯格再怎樣也想不到，提列的問題一個也沒派上用場。

開車前來的路上，伯格回想第一次的訪談，他沒有得到任何有用的訊息。伯格希望今天柯斯塔不要像第一次見面所講的那麼模糊，伯格期待他開誠佈公。

車子愈接近診所，他的心情也愈緊張，不論他如何壓抑，對即將到來的會面仍然覺得激動不已。候診室燈火通明，只有他一人，眼前就是這位極可能成為封面的人物。在伯格到來之前，柯斯塔正坐在候診室的椅子上翻閱診所訂的雜誌。

當柯斯塔看見伯格的車子駛入診所停車場，便將雜誌收起來，起身將雜誌擺放在櫃檯上，打開大門等他。伯格覺得自己就像是個初出茅廬的小伙子，他已經不記得前一次像此刻這般興奮的經驗是在什麼時候。他告訴自己別激動，這只是另一件採訪任務，他也只是另一個受訪者。

今晚的柯斯塔不太一樣。動作一樣流暢，依然自信，但笑容有一點靦腆。伯格心想，哪一個才是柯斯塔的真實樣貌。伯格緊張地走向他，和他握了手。

『請進。』

『謝謝你接受採訪。』伯格真心道謝。

『少來。你明明知道我是被逼的。』柯斯塔笑著說。

『我可沒拿槍頂著你。』

『差不多了。你手上那隻筆，比槍更有力。』

『你先請。』柯斯塔請伯格移步進入診療室。

柯斯塔讓伯格走在前面，柯斯塔順手把大門鎖上。伯格聽到喀一聲。

走進柯斯塔的診療室，伯格看到進門左手邊是辦公桌，桌上有一台電腦，中間擺放鋪著乾淨淺綠色床單的診療床。最右邊是長形工作檯和洗手檯，擺放一些診療儀器。工作臺上方有一整排直達屋頂的置物櫃。牆上掛著幾幅身體結構圖。

柯斯塔就在他平常看診的椅子上坐下，他請伯格坐在他對面。伯格先把郵差包放在桌上，然後在椅子上坐了下來。

『事情剛剛發生的前兩天，來自各地的記者群整天都在這裡和公司附近團團轉，簡直像街上的抗議團體。另一小群嗜血的獵狗已經追了我一個禮拜，而我自認都僥倖逃過，卻沒逃過你這隻。』

『我只是比較勤奮的那隻。』伯格盯著柯斯塔看，盡力想保持冷靜，不讓自己看起來像個目瞪口呆的菜鳥記者。

他從包包裡拿出已經將所有資料合而為一的兩張 B3 表格。表格裡包含照片、拍照的時間和地點。最底下還有註記，簡單描述。伯格把資料推向柯斯塔。

柯斯塔用左手拇指與食指托著下巴低頭看表格，沉浸在想像裡。這時候，伯格順手拿出錄音筆、一本小筆記本、一支滾珠筆。

錄音機放在桌子正中央。柯斯塔特別看了一眼錄音筆，微笑沒有反對。

『我拜訪了不只一家安養院。』

『你看到什麼？』本來在看表格的柯斯塔，抬起頭看著伯格問道。

『都是慈祥的老人。大部分的人都過得很開心自在，有些人並不快樂。』

『他們為什麼不快樂？』

『安養院的管理者說，這些老人不快樂是因為行動不方便。』

『那你自己有什麼感覺？』

『我和管理者有相同的想法。未來自己老了，希望可以自由自在的活動。想去哪裡，就去哪，想做什麼事，都可以去做，不要讓行動不便限制住自由。』

伯格再將班・莫瑞提供的照片往柯斯塔面前推。

『這些照片確實是非常重要的線索。』柯斯塔拿起照片，盯著照片同時說道。臉上表情沒有變化，卻搖起頭來，

『我無法明白怎麼會有這麼多無聊的人，剛好半夜沒睡，也帶著好奇心拍了照片，又剛好被你找到。你是刑求、綁架、還是恐嚇、勒索得來的？』

『都不是。秘密證人自願給的。』伯格與柯斯塔兩人相視哈哈大笑。

『你的意思是一連串的巧合？』

『與其說是巧合，我覺得比較像是天意。』

『看了這些資料，我不得不說，你的推演能力，真令人驚訝。你是怎麼辦到的？』看完表格與照片的柯斯塔順道把所有資料推還給柏格。

『一點時間、一點體力、一點耐性、再加上更多的運氣。我們需要的只是一個物證或人證。能夠找到這些照片真的是意外。而我們認為，這些照片就是你和尤哈斯家族最強的連結。我也明白，這可能只是冰山一角。』

『你有超能力。我是當真的。』

『應該這麼說，我有煩人煩到死的超能力。』伯格和柯斯塔又都笑開了。

『也是。我從來都沒弄懂記者們是如何找出這些《內幕消息》的。』

『很簡單，只要你願意腳踏實地去做，總有一天老天爺會眷顧你。前提是，要有耐性。』

『耐性我有，要看是什麼事。』

『例如？』

『我有耐性等到凱恩‧尤哈斯對我提告。』

『《蓄意謀殺》很不真實。』

『對你而言這可能只是單純的《蓄意謀殺》，你想找的只是背後的動機。』柯斯塔沒有正面回答，微笑繼續說道：

『但是對我而言，這是一個被人刻意用黑布遮蔽的角落。我必須想辦法引入光線。《蓄意謀殺》是一個計劃，一個引入光線的計畫。』

『所以，這跟謀殺無關？』

『你們認為真的是謀殺案？』

『問題出在哪裡？』伯格更加疑惑。

『對我和創世紀公司而言，一開始這只是一個該死的《行善計畫》，而這個計畫，卻擋人財路。說到底，這一切和錢有關。』

『行善計畫?和錢有關?尤哈斯集團?』

『不是。另一個集團。』

越來越精彩了，伯格心想。

『這裡頭到底有多少錢？』

『你有多少時間？』柯斯塔雙眼直視伯格，

『看你有多少故事要說。』

『說完這件事可能得花上好幾個小時。而且會有點枯燥。』

『你想講一千零一夜也行。』伯格終於擺脫了可能挖不到新聞的緊張態勢，

『不急，我有一整個晚上的時間。我的意思是，你所要講的事可能會是二十年來最大的一宗新聞。所以不論你需要多少時間，我都會待在這裡。』

『想喝點東西嗎？』

『有什麼可以喝的？』

『熱水、冷水。』

『冷水應該不錯。』

柯斯塔站了起來走到工作檯邊，拿起玻璃杯，倒了兩杯冷水。他遞給他一杯，然後走向落地窗，看著街上的燈海，柯斯塔轉過身，即刻打開謎底：

『一連串的故事，並不是起於蓄意謀殺，而是在創世紀科學公司宣告和德盧卡醫療集團合作案破局之後就開始了。應該這麼說，這是一樁新藥申請臨床試驗被駁回之後所衍伸出來的事件。蓄意謀殺只是檯面上的東西。』

『像幹細胞醜聞？』

『幹細胞醜聞只關乎一個人或一個實驗室，手法拙劣，且從不掩飾。蓄意謀殺卻關係到好幾個醫療集團，我的目的是為了反擊這些有錢人士。』

『你是醫藥記者應該知道，為了使用者的安全，新藥上市前要做的臨床試驗必須要送審。』伯格點頭。

『創世紀是一家守法的生技公司，以前會這麼做，現在也會。』柯斯塔走回座位重重地坐上椅子，然後把手臂放在後面的靠背上，繼續娓娓道來。

『這次新藥送審，贊成與反對的比例是7：8，反對多一票，這出乎意料。在投票前我們信心滿滿，應該會一致通過。當然這是來自內幕消息。』柯斯塔皺著眉注視著地板，不可置信地搖著頭說道：

『我們認為即使沒有全數通過，也絕大部分會投贊成票，因為它跟安樂死不同。安樂死是在注射藥物之後生命隨即消失。注射這種新藥物之後並不會，而是等過一段時間才會《猝死》。』

伯格回想尤哈斯先生確實是被判定是猝死。

『新藥臨床試驗申請失敗，很快就由內部審查人員那裡傳到我們耳裡。沒多久我們就收到正式通知。』

從柯斯塔那稍縱即逝的眼神中，伯格看得到他的遺憾與無奈。

『這是什麼樣的藥物？什麼原理？新藥申請的事情和謀殺有關？』

『應該說是同一件事情。藥物的作用原理可以晚一點再解釋，如果你覺得有必要知道。先告訴你新藥可以達到什麼效果，還有為什麼有提告這件事。』柯斯塔喝口水繼續說道：

『剛才有提到，它跟安樂死藥物不同。』

『在新藥的動物實驗中，把藥物打入又老又病的老鼠體內，老鼠的活動力平均會增加15～30%。』

『你知道的，很多藥物都有《副作用》。新藥的副作用就是《猝死》。』

伯格沒說話。他可以打斷柯斯塔的說明然後問問題，但他選擇不問，因為他明白一個道理，越不可思議的事，越有可能發生。尤其醫學發展到了現在，除了永生以外，什麼都可能發生。

『由於新藥本身沒有細胞毒性，所以臨床試驗直接申請進入Phase II，意思是在病患身上做試驗。它也只能在病患身上做試驗。』

『你們是怎麼找到這些受試者？』

『他們都是公司的小股東。但並不是所有的人都可以當自願受試者，必需經過仔細篩選。在提出申請臨床試驗之前已經找到三十二位願意做臨床試驗，就等申請核准。』

『我們很仔細地向自願受試者解釋藥物的作用、猝死副作用。他們並不擔心猝死，只想改變現在的生活。雖然無法預期注射藥物之後可以改變多少，但至少《有機會》可以讓身體變得比較靈活，擁有比較自由的活動力和比較好的生活品質。他們非常期待。』

『這是很好的機會，他們的狀態非常適合。我更想完成臨床試驗，只有臨床試驗才能夠知道最後用在人體的結果是什麼。』

『在新藥申請臨床試驗被駁回之後，我們通知自願受試者，告訴他們沒有機會使用新藥。但是有五位希望可以私下試驗，他們認為這是千載難逢的機會，因為他們也知道，即使重新申請，核准日也是遙遙無期。我治療了其中三位，有兩位你已經知道是誰。』柯斯塔聳聳肩，透過落地窗凝望著夜色。

『既然他們過得比以前好，應該是感激你的，為什麼要提告？』

『因為這是合約的一部分。必須簽提告合約我才願意在他們身上試驗。』

『什麼？』

『我當然可以私下做這些試驗，不會有外人知道，接受試驗的人也不會揭發。即使揭發也不會有證據，因為在理論上，藥物對人體沒有毒性，也不會殘留。』柯斯塔清明的眼神回到伯格身上，

『**既然要做《違法》試驗，我希望違法要有代價**。至少要把新藥的好處公諸於世。所以我花一些時間思考要如何進行這項《陰謀》。』柯斯塔笑了笑繼續說：

『大家都很聰明，《陰謀論》確實存在，但是方向不對。』

『《名人效應》。』柯斯塔繼續描述他如何進行這件事，

『接受試驗的這三位，都是國內知名人士，包含兩位已經過世的。在名人效應下，新聞會

很有熱度。我相信會有好奇的記者追查動機，這會是最好的結果，這時候的我是處於《被動》狀態，《被迫》對記者說明。最壞的結果，未來無論起訴或不起訴，我也有機會把事實《主動》呈現出來。』

『威爾・佩德知道嗎？』

『如果臨床試驗核准，執行人就是他。如果提告，檢察官會依據供詞、證據而把他當證人或共同被告。』柯斯塔再喝一口水，清了清喉嚨繼續說道：

『剛剛說過，對人體沒有毒性只是純理論。這是我私下進行的試驗，威爾不能被牽扯進來，我必須保護他以及公司。我身邊的人全都不知情，包含娜塔莉。我把威爾還有娜塔莉全部趕出國。』

『知不知道藥物被駁回的理由？』

『公開的理由是，不可以隨便剝奪他人的生命。不能公開的理由是，有5位持反對意見的人士希望可以獨賣這個新藥。』

『所以這就是你一開始就說的，一連串的故事是起於和德盧卡醫療集團合作案破局？』

『我還記得當時德盧卡醫療集團發言人說未來將和你們合作新藥臨床研究的這條新聞，你們出來否認之後，事情也不了了之。我們曾經計畫要追這條新聞。』

『是的，我們確實曾經談合作，但他們和其它醫療集團聯合起來想獨賣。他們先放消息，想讓獨賣成為事實。我和威爾都反對。』

『所以是因為利益衝突才投反對票？』伯格驚訝地傾身向前。

『應該是。』柯斯塔點頭繼續說道：

『**TIR 對某些既得利益者而言不是新藥，比較像一顆炸彈。**』

『什麼樣的既得利益？』

『我打個比喻。如果你開一家超市，總是希望賺取最大的利潤。最理想的情況是，每天都有很多人來購買，每次採買的金額都很大。最好可以每天來。』

伯格點頭表示同意。數秒鐘的時間，他在忖度德盧卡醫療集團的心態。他不敢相信，新藥成了鬥爭的工具。

柯斯塔接著打開抽屜拿出一疊資料，裡面有和尤哈斯家族簽訂的合約書、衛生主管機關駁回藥物臨床試驗申請的公文與附檔，還有一張 DVD。

『在診所治療尤哈斯先生的過程，尤哈斯家族和我都有錄影。為了保護病人隱私，錄影就不播放。』

伯格拿起資料仔細看，合約書上載明，在利奧・尤哈斯被醫師宣判死亡後，凱恩・尤哈斯家族必須立刻舉行記者會提告維克・柯斯塔等文字。合約書下面有雙方律師簽名。

『如果凱恩・尤哈斯因為新藥改善他父親的生理狀態，而決定不提告，這件事就無法搬上檯面了。』

『我有解釋為什麼一定要提告。新藥的發明是要讓有需要的患者可以選擇過著比較自由自在的生活。他必須履行合約義務。如果他不提告，我會告他毀約。』

『他如果被我告，就不會只是法律上的意義，而是誠信的問題。這對他個人或他的集團都不是好事。他知道事情的輕重，只有告我，對雙方都有利。』

伯格拿起藥物申請的公文與附檔，一頁頁翻開看，在醫界評議委員名單上赫然看見《伊凡・德盧卡》的名字。於是從郵差包拿出他所拍到的照片。

『這是德盧卡先生幾天前從你診所走出來的畫面。』

『你在診所附近埋伏多久了？』

『只有兩天。他是你朋友？』伯格假裝什麼都不知道。

『他是來跟我索取尤哈斯先生與莫羅女士使用過的藥物。』

『他想做什麼？』

『給他的父親使用。我拒絕。』

『你不是想要幫助別人？』

『他的父親可能無法使用這個藥物。德盧卡老先生做過腎臟移植手術，注射這藥物，白血球的戰鬥力可能受藥物影響而增強，可能會導致免疫排斥而即刻喪命。』

『可能？還是確定？』

『我不確定。但可能性是存在的。我很想幫他，即使他很可能是那個阻止新藥中請試驗背後的影舞者，我也不能冒險讓他使用。沒有臨床試驗，我不會有直接的證據，也不會有任何的臨床數據。』柯斯塔皺著眉頭繼續說道，

『這是當天和伊凡的對話紀錄。』柯斯塔從抽屜裡拿出另一張DVD，放入播放器，順便打開牆上的螢幕顯示器。

他仍叫他伊凡，可見兩人的好交情。德盧卡有這樣的朋友會讓很多人羨慕。螢幕上出現了柯斯塔和德盧卡的對話。

『好久不見。對不起，我本來不打算像這樣闖進來，但我實在沒有太多的時間。你真該看看你看見我那時候的臉，實在太有趣。』走進診療室的伊凡・德盧卡開口問候柯斯塔。

『有趣？應該這麼說，當你們的營業額節節升高的時候，你才會覺得有趣吧？怎麼樣，業績成長不少吧！營利應該大到足以堵住大股東的嘴。』坐在椅子翹著二郎腿的柯斯塔看著德盧卡說道，沒有起身，只抬頭瞪著他走進來。

『拜託，需要這麼刻薄嗎？』德盧卡繃著臉在柯斯塔對面坐下。

『不然咧！你們集團有這麼急公好義嗎？至少我認為絕不會是無私的運作。』

『我猜，你更想說的是我們集團就是抱著賺大錢的使命感在辦醫療。』

這話說得諷刺。看著影片中兩人的互動與對話，伯格極力忍住不笑。

『我知道這很不中聽，事實就是如此。』柯斯塔不假辭色繼續說道，

『你時間寶貴，敘舊就省了。找我幹嘛？』

『真夠會挖苦的。來跟你要一份 TRI，給我父親使用。』

柯斯塔搖搖頭，神情頓時變得嚴肅，看起來也很疲倦。胡鬧逗趣已經結束，柯斯塔正專注的看著德盧卡。

『你和我一樣清楚，你父親不適合，可能會致人死命。如果適合，我非常樂意送他。』

聽在伯格耳裡，TRI 像是微粒子在腦中爆炸。TRI 到底是怎麼做到的？

『你知道我父親，他想要做的事，沒人可以阻擋。他認為他是最理想的試驗品。』德盧卡背靠著椅子，面無表情。

『你也這麼認為？他這麼做是在害我，也害他自己。如果我堅持不給，他打算找人把我擄走嗎？』

「擄走？」伯格閃過這個念頭。這是不好的徵兆。

『我知道這麼做可能會影響你和你公司的信譽。但是我擋不住他。』

『你應該勸他，醫療不應該是單純的利益考量。尤其是你，一個這麼有理想的人，更應該勸他。』柯斯塔用嚴厲的眼神看著他。

『他知道。但是他認為他該對股東負責，而且未來可以讓我做更多研究。』

『說到研究，關於新藥，這是醫學史上的一大革命。你也看到了，新藥效果非常驚人。我不期待你支持我，但是也不應該反對我。你一天比一天更像你父親。』柯斯塔幾乎是用吼的。

『我跟他不同，我是支持你的。你沒看見我投贊成票嗎？新藥臨床試驗沒核准，我和你一樣不甘心。你知道，在研究這方面我是和你站在一起的。』德盧卡用沙啞的聲音大力反駁：

『不要用不道德的眼光看我。』

『對我和公司而言，新藥計畫算是結束了，這件事證明你們背後手法操縱成功，我現在正在善後。一個大集團，用的是和投機公司一樣的拙劣手法，真丟臉。』柯斯塔像洩了氣的皮球癱坐在椅子上，說話也有氣無力。

『你沒有證據是我父親在背後操弄。別說你，連我都沒有直接的證據。』

『沒有證據！？所以我是遇到鬼了。』

『我知道。我和我父親都不認為尤哈斯家是真的想告你。提告只是煙幕彈，目的是想利用法律把事實真相公諸於世。你不但想利用法律還你公道，而且還等同在告訴《某些人》要玉石俱焚，大家都別想混了。這應該是你所謂《善後》的一部分。』

『所以你今天是專程來嘲笑我的？』

『拜託。在第一樁蓄意謀殺的新聞出來之後，我父親就說，大家都輸了。』

『他贏了。他哪有輸？花錢研究新藥的是創世紀公司，花時間的是我，他只要下達命令，就讓我們的時間和金錢都白花了。』

『王牌都在你手上，最後你卻出鬼牌。』

『我會出鬼牌也是他逼的。』

『再爭執下去也不會有結果，誰是後面影武者還有得吵呢！還是回到我來的目的，如果不願意，就不要用送的，憑我們的交情，總可以賣我一瓶 TRI 吧！』

『不用再說了。給你父親使用 TRI，只會讓情況變得更糟。』

從對話一開始，伯格就止不住在心裡竊笑，他們的交情肯定是好的，否則不會有這樣的默契，說話也不會這麼直接。大部分的對話內容都圍繞在創世紀科學公司最新研發的生物製劑與該不該給德盧卡的父親使用。直到他們開始私人的對話，柯斯塔才關掉影片。

在柯斯塔花時間關掉影片之前，伯格聽到少部份跟私事有關的對話，呼應了總編輯說過的那個大八卦。

訪談時間已經過了一小時。

『你還會想知道 TRI 是怎麼作用的嗎？』

『迫不急待！』

『目前已知 TRI 至少作用在三個層面。』

『TRI 這個新藥，稱為《時間定位針劑 time re-setting injection，簡稱 TRI》。我和威爾私下稱這個新藥為《死亡荷爾蒙》。**它的設計靈感來自於身體的各種荷爾蒙。**』

『就像醫學書籍上所解釋的，荷爾蒙是身體相互溝通的化學物質。目的在告訴同伴要要做哪些事。』

柯斯塔盯著伯格，似乎在用眼神問他是不是聽懂。

『這部分我懂。這些化學物質就像放狼煙傳達訊息。』

柯斯塔點頭表示同意。

『對我們的身體，任何形式的溝通隨時都在發生，因為溝通協調順暢，身體健康，我們不會知道這些溝通物質的存在。直到溝通不協調，失去了健康，然後醫生會告訴你為什麼你會生病。』

『就像人體受傷藉由各種物質發揮止血、傷口癒合的功能；免疫系統的細胞和化學物質合作撲滅外來病菌；生病過後各種生理狀況的恢復與持續運作；甚至是生病時的併發症，都是細胞溝通協調之後所產生的結果。』

每講到一個重要的觀念，柯斯塔就會停頓，看到伯格點頭回應才會繼續。

『**所有我們認爲理所當然的生理活動，其實是細胞在嚴謹溝通、協調下的結果。細胞溝通的目的只有一個，讓個體有最大的機會存活。**』

『還跟得上嗎？』

『可以。請繼續。』

『時間定位針劑《TRI》的第一個功能就是作為細胞溝通物質。就像荷爾蒙一樣。』

『身體荷爾蒙的釋放和功能都是被設定好，就像電腦內建的軟體。它們會在特定的時間釋放出來、執行特定的功能，但很重要的，荷爾蒙也會受外力干擾。』

『**TRI 就是設計用來干擾粒線體的化學物質**。』

『粒線體是細胞的發電廠，能量由它們產生，沒有能量，我們會動彈不得。也可以說，TRI 直接作用在肌肉細胞、甚至是神經細胞的粒線體上，目的是讓粒線體更有活力，讓細胞變得更強大。肌肉包含手腳的肌肉，腸胃道的肌肉，還有心臟的肌肉，神經部分包含聽力、溫度的感受力。』

『為什麼是這兩種細胞？』

『應該說 TRI 作用在全身的細胞，只是這兩種細胞所含的粒線體特別多，受到的影響比較明顯。』

『我懂。』

『粒線體還有一項非常的重要功能，就是**調節、執行細胞死亡程式，就是醫學上所稱的細胞凋亡(apoptosis)**。這是 TRI 的第二個能力，TRI 綁架了粒線體內建的死亡程式。』

『等等，腦袋塞住了。我跟不上。』這部分的知識讓伯格撞到牆。伯格的大腦艱辛地試圖吸收這項資訊，卻彷彿像電腦不斷地跳出『資訊超載』的畫面。

『哪個部份？』

『粒線體調節、執行細胞死亡程式那個部份。』

『細胞執行死亡程式，也就是細胞《自殺》。』

『粒線體執行《細胞凋亡》這個程式也是被預先設定好的。例如，一旦細胞受傷或不能執行任務，就要犧牲小我完成大我，《自殺程序》就會被啟動，以免一個壞掉的細胞影響個體的生存。』

『新藥會讓細胞設定死亡的時間？』

『不是刻意設定。應該這麼說，TRI的目的讓肌肉細胞的粒線體更強大，而《自殺程序》的啟動就是副作用。』

『哇！』

對於柯斯塔的描述，有一部分柏格確實有疑惑。他修習過醫學領域但並不專精，但是他現在沒有時間搞清楚。他很用心做筆記，也有錄音筆可以完整錄音，他知道也有搜尋引擎可以幫忙解惑。最後如果真的還搞不懂，他會厚著臉皮回頭問柯斯塔。

『TRI是我們根據病患需要所合成的藥物，只要是藥物就可能有副作用。TRI達到我們要的功能，也出現我們不想要的副作用，就是猝死。』

『原來如此。請繼續。它是怎麼辦到的？』伯格只能傻傻的回應。

『前面說過，目前已知TRI至少作用在三個層面。第一是增強粒線體的能力，帶二是綁架粒線體的細胞死亡程序，第三個能力喚醒細胞。』

『喚醒細胞？』

『把在睡覺的細胞叫醒，叫它們起來工作。』

『我不知道人體細胞會睡覺呢！』

『我們工作需要休息，甚至輪班工作，細胞也是。你真的想聽嗎？』柯斯塔在考慮，是否需要講得這麼清楚，不是怕伯格知道，而是怕他無法理解。

『當然想聽，更何況這是個免費課程。』伯格和柯斯塔都笑了。

『好吧！簡單一句話，TRI一方面叫醒正處在休息狀態的肌肉細胞，另一方面進行協調，引發集體行動，同時也讓接受到訊息的肌肉細胞擁有《相同的生命長度》，**然後倒數計時**。』

『等到粒線體生命耗盡，無法發電，肌肉就不再收縮。心跳、呼吸這些生理活動就會同步終止，個體就完全靜止不動，不論當時他們正在做什麼事。就像裝了電池的電子設備，沒有電力就完全無法運作。直接當機。』

『細胞集體停工？』越來越有趣了，伯格嘴裡念念有詞。

看著伯格眉毛緊蹙，筆寫不停的過程中偶而會停下筆來，並緊緊盯著柯斯塔。柯斯塔可以想像得到，伯格的腦袋正在高速運轉。此時此刻的柏格幾乎昏了頭，不知如何是好。這段訪談對伯格而言，進行得有點辛苦。

『如果你想跳過這部份也沒有關係。』

伯格搖頭。

『沒關係。不一定要把專業知識放進報導裡，我也很好奇。我相信我們的讀者中也有像你這樣的專業人士。他們應該也會想知道。專業知識可以讓我們寫出不一樣的報導內容。』伯格笑得靦腆。

柯斯塔繼續說道，

『換個說法。TRI讓全身的細胞一起火力全開。肌肉會更有支撐力、心臟收縮的功能會提升，病患的體能會更好、活動力也會增加，神經的敏銳度也會增加。在接受治療以後，身體很多功能都會比治療前好。』

『你聽聽看我理解得對不對。TRI叫醒細胞、讓細胞彼此溝通、火力全開、綁架粒線體、倒數計時、時間到了就全部《停工》，就是猝死。』

『對，大概就是這樣。你是個好學生。』柯斯塔大笑、點頭。

『最後無預警的死亡，醫學上也沒有辦法真正解釋猝死的原因。』

伯格想到尤哈斯老先生的狀況，在死亡的背後，伯格體會到新藥的善良與無情，也看見發明者的精工巧藝。

『注射後，可以有多少的日子可以好好活著？』伯格發現他來診所之前所準備的問題一點也派不上用場，只能隨著柯斯塔的說明提問。

『未知數。我們沒有直接的人體試驗數據。根據實驗室掌握的各種動物實驗所換算出來的時間，平均有2～4年的剩餘生命。尤哈斯先生和莫羅女士證明了我們的推論。』

『除了這些，還有其它的功能嗎？』伯格專心盯著柯斯塔看，面帶欽佩的笑容。

『大概就這些了。你不可能期待這個藥物還能夠順便治療其它疾病。比以前有更好的行動力，這已經是極限了。它不是神丹妙藥，新藥沒有辦法讓人長出新的腳，接受治療後還是會感冒或感染其它疾病，也可能發生車禍，遇到墜機或其它災難。』柯斯塔忍不住開玩笑。

伯格露出一抹詭異的微笑。

『不然你還期待什麼？像美國隊長？打了之後，從弱雞變英雄？』

『我確實有這種期待。』

『除了尤哈斯先生和莫羅女士，第三人目前還很健康地活著。』

『方便說說是誰嗎？』

『不行。這是職業道德，你懂得。』

『真令人好奇。』

『我懂。你沒有機會知道他是誰，因為在我決定接受你的約訪之後就已經通知他，蓄意謀殺事件即將公開。所以即使未來他猝死了，也不必提告。』

伯格很快的把事件的發展經過連貫起來。新藥申請失敗，柯斯塔使用未經核准的新藥在三個人身上。跟病患家屬簽提告合約，當事人死亡後必須立刻開記者會宣布提告。

『突然想到的，沒有其它藥廠想要發明這類藥物？』

『多著呢！科學家都很聰明，我相信很多人和我有一樣的想法，但是，藥廠大概不願意投注資金研發生產這類藥物。』

『為什麼不願意，它是很好的藥物啊！』

『重點不在它好不好，而在它能不能幫藥廠賺錢。純粹以商業考量，研發需要花很大一筆錢。TRI 一輩子只需要用一次，況且不是每個人都適合使用，就這個層面看，TRI 的市場不大，藥廠沒有意願花不符合成本效益的研發費用。TRI 不是賺大錢的生意。』

『對你們而言，我反而認為這是很的好機會，市場上並沒有類似的藥物，而且我認為想要這類藥物的人應該不在少數。』

『你捫心自問，如果到了那一天，你會選擇使用 TRI 嗎？』

『我不會知道未來會發生什麼狀況。這個問題，我沒有答案。』

『大部分的人在還沒有完全失去行動力之前都認為應該有很多方法可以恢復健康，事實並非如此，有些東西失去了，就是失去了，沒有機會重頭來過。這在我們要找尋第一批自願受試者的身上就碰到了，他們認為新藥是最後的選擇，就像安樂死一樣。我不敢下結論，或許等到他們願意嘗試新藥時，最好的時機已經錯過了。有些人會想活久一點，有些人卻希望活著時可以做自己想做的事。』

『完全同意。』

『理想和現實是有差距的，有勇氣面對死亡的人並沒有你想像的那麼多。TRI 只是一個《理想化》的藥物，我們只把新藥當作另類治療法。就像生病了，醫師會建議各種治療方式的其中一種。它只是給民眾的另一種選擇，選擇權在他們身上。』

『兩難的決定。』

『說真話，如果想賺錢，只要專注研發可以給最多人用、照三餐用、然後用一輩子的藥物就可以。現在的心臟病、高血壓、糖尿病或免疫疾病藥物不就是這樣嗎？這些藥才是藥廠的搖錢樹。』柯斯塔也不管伯格已經笑得齜牙裂嘴還繼續說下去，

『第一次見面的時候你提到《陰謀論》。我現在告訴你什麼才是陰謀論。藥廠資助基礎科學研究，目的是為了要洗腦。這是我們和醫藥界幾個朋友共同討論出來的結論。』

『洗什麼腦？』

『他們試圖暗示民眾，未來的人類有機會活很久，但是在還沒找到《永生之鑰》以前，大家可是要儘量活下去啊！千萬別放棄，要好好活著，只要活著就有機會。』

『科學腳步比較慢，永生總有一天會到來。』伯格收起笑容。

『這是我自己的論調，你不必認真看待。』柯斯塔繼續說道：

『現代人愈活愈老，疾病愈來愈多，就醫的頻率愈來愈高。醫療市場就這樣不斷地擴大。需要到醫院看病、長期吃藥的，大部分是老年人。這點你同意吧？』

『同意。』

『如果真有永生，這個世界會變成什麼樣子？所有人都不會死，新生人類又陸續出現。想

像一下未來你連躺著睡覺的地方都沒有，那會是什麼狀況。』柯斯塔站起身來到走向落地窗，看著窗外道：

『我不要這樣的世界，而且我也不認為這一天會到來。』

『醫療有它的價值。』

『沒人會否定醫療的價值。但是死亡應該是生命的一部分，目前有一部分的醫療卻是在阻止死亡的發生，這是一種扭曲的生命觀。真正的醫療不應該是無限延長生命，而是讓病人得到最適當的處置。死亡也是生命的過程。我相信這也是伊凡的困擾，這不是他想要的醫療模式。』

生與死，這個問題的答案，宛如禁忌的真相，想不想死、能不能死，該不該死都具有高度的爭議性。伯格明白柯斯塔說的都是事實。

柯斯塔轉身對著伯格，帶著嚴肅的表情繼續說道：

『在大自然裡沒有老弱殘兵。人類社會因為悲天憫人，才讓個人甚至家庭陷入了不幸或悲劇。』

『我明白。話說回來，關於新藥申請被駁回，你們其實可以藉由媒體發布訊息辯駁。』

『辯駁只會讓民眾認為我們公司想要《賣藥》。想賣這種所謂《安樂死進階版》的藥物而槓上政府單位或是專業人士。就算我們想試圖披露真相，指控德盧卡是件事的幕後黑手，也不會有人相信，大家只會覺得我們是在作垂死掙扎，企圖把自己的挫敗怪罪到其它企業領導人身上。再說，德盧卡集團不是我的敵人，我不想跟他們作對。』柯斯塔在診療室裡緩緩踱步。

『有何不妥？你們只要詳細說明，發明這個藥物的目的是為了維護生命最後的尊嚴，民眾是有同理心的。』

『你會這麼說，是因為經過尤哈斯事件，你們已經做了部分調查，再加上我跟你說明藥物的作用，而你也認為這是不錯的藥物，所以你會覺得直接開記者會說明會是一個好方法，但真實情況並不是這麼樂觀。如果當時直接開記者會說明，你們可能和大家的想法一樣，認為我們只想賣藥。即使開記者會說明，也無法挽回被駁回的事實。』

伯格點頭。

『也是。開發了新藥總是要賣出去，我倒是想知道，你們會如何推展TRI。』

『如果人體實驗獲准，也得以成功上市，我們會爭取國家醫療或商業保險給付。年紀大了往往會有很多疾病，需要經常進出醫院，這些慢性疾病所消耗的醫療資源，可能比一次TRI的費用多出數十倍、甚至百倍。TRI只需要注射一次。至少我們相信商業保險是樂意接受的。』柯斯塔苦笑，繼續說道：

『這也是為什麼德盧卡和其它集團想獨賣這個新藥，也是我們拒絕的原因。因為這違背了我們研發的初衷。』柯斯塔一臉悶悶不樂。

『提到初衷，你們當初為什麼會想要研發這種藥物？』

柯斯塔靜默了好一會兒，伯格不知道他在想什麼。

『這是我希望你去參觀安養院的目的。你去安養院的時候也看到了，有很多老人沒有辦法正常的活動，身體不自由，會活得很辛苦。我在診所也常看到這情況。於是我和威爾溝通，研發一款讓病患《重獲自由》的藥物。即使它只能滿足一小部分人的願望。我也只能做到這樣。』

『你的夢想已經實現。』伯格安慰他。

『事情已經爆開，所有的辛苦都付諸流水。即使重新申請臨床試驗，通過的機會也很渺茫。』

『在蓄意謀殺調查結束之後，你可以再嘗試申請。』

『說真的，即使是違法做人體試驗，我並不後悔，至少老天爺給我一次機會讓我把 TRI 真正用在人體上，我也看到最後結果，這是唯一令我感到安慰的地方。』

『我認為事情還有轉機。』

『謝謝，但我認為機會不大。違法使用未核准的藥物，在法律上我不被認可，但是在道德上我自認為說得過去。即使重來一次，我還是會這麼做。』

柯斯塔對伯格露出感激的笑容，

『謝謝你讓我有機會對醫療計畫以外的人說出一切。現在你都了解了。』

『謝謝你願意接受採訪，而且說明的這麼仔細。這將會是很震撼的報導。』

『我相信。』

『在離開前，有個不情之請。我需要通行證。』伯格臉帶靦腆。

『請說。』

『採訪你之前，凱恩・尤哈斯拒絕接受我的採訪。我需要你的幫忙。』

『我可以幫你打電話。』

『如果方便，可不可以多打幾通電話？我需要更多其他人的意見。』伯格覺得自己太貪心。但為了報導的完整性，他願意厚著臉皮請他幫忙。

在凱恩・尤哈斯提告前，柯斯塔一直倚賴著協助病患「度過艱困生活」的心情在撐著道德的殼，他只能獨自背在身上。凱恩・尤哈斯提告之後，這個殼便頹然落下。現在能對第三者說出真相，更像是心理治療過程結束，所有壓力釋放殆盡。

在訪談的尾聲，柯斯塔在想是不是要讓伯格知道自己的新計畫。最後決定保留王牌。然後帶著滿足的微笑送走伯格。

# 16

## 五月二十二日 星期四

訪談紀錄大概有將近 120 分鐘的內容。伯格回到家之後，又將訪談錄音再聽一次，趁著記憶猶新，做筆記、寫大綱。並將所有訪談資料、筆記與錄音檔準備妥當，打算隔天跟總編輯、組員好好討論該以哪種形式出刊。當他準備好要上床睡覺時，時間已經來到凌晨三點鐘。

『怎麼樣？』剛走進雜誌社，經過莫爾納辦公室門口，他立刻問伯格。

『訪談時間很長。柯斯塔講得非常仔細。』伯格站在莫爾納辦公室門口回應道。

『內容？』

『很壯觀，也很不可思議。我覺得自己很像是聽信徒告解的神父。』

『喔！聽起來應該不錯。』

『應該說很紮實，從實際發生的事情到他個人的感想，我個人認為他毫無保留，暢所欲言。不過我需要訪談其他相關人士來佐證他說的全部是事實。柯斯塔很幫忙，他說會幫我跟他們打聲招呼。』伯格掩不住喜悅：

『還有，你上次提到那個沒有經過證實的八卦，它應該是真的，但我不方便多問。錄音檔裡有紀錄。』

等組員到齊坐定，伯格開始播放錄音檔。大家邊聽邊做筆記。由於錄音內容完全超乎想像，有人搖頭、有人發出「真不可思議」、「天啊！」等囈語、還有人抬頭瞪著發出聲音的人叫他們閉嘴。即使錄音很長，大家卻聽的津津有味，因為這樣的藥物前所未聞，柯斯塔的見解也令人驚嘆。聽聽完兩小時的錄音大家抬頭面面相覷，一時之間還真不知道要說什麼，現場呈現一股凝重的氣氛。

『哇嗚！』

『光聽柯斯塔的說法，我就已經嚇死了。』

『怎麼會這麼離奇。』

總編輯和其他三名組員臉上驚愕的表情，就好像剛剛逃過一場浩劫。伯格臉上綻出笑容，他自己也深受震撼，他知道這將是一條威力可以媲美大爆炸的新聞。

『如果有一天你碰到和利奧•尤哈斯的狀況，你會不會打這藥物？』納吉開口問莫爾納。

『如果有需要，我會的。』莫爾納毫不猶豫。

『你們呢？』納吉轉頭看向伯格、拉伊爾還有傑林。

『我也會，前提是我得活夠久了。依照柯斯塔的說法，注射後大概最多只能活四年，恐怕不是每個人都有這勇氣。』拉伊爾說道。

『現在的安樂死才更需要勇氣。』

『這是針對行動不便老人所設計的藥物，會想要注射的人應該不會有《活得夠不夠久》這個問題，到了這個年紀，有人是捨不得家人朋友想多活幾年，但就是有人就是願意付這個代價。』傑林回應道。

『這算殺人嗎？柯斯塔怎麼想得出來？』

『他只是想解決老人行動不便的問題，並不是刻意要殺人，只是副作用就是猝死。』

『猝死也不錯啊！總比在床上病死好。』

『你們會想要永生嗎？』

『不會，朋友家人都走了，我還留著幹嘛？』

『如果大家都永生，你的家人朋友也都不會死啊！只不過大家見面的時候都戴著一張老皮。』

突然間納吉發現大家瞪著他看，他知道自己把話題扯遠了，於是抓了抓頭髮趕緊說道：

『抱歉。新藥申請失敗，真正幕後黑手到底是誰？』

『創世紀公司確實曾經遭竊，和德盧卡集團也有一些糾葛，況且投下反對票的分別屬於不同的醫療集團，柯斯塔醫師無法明確指出什麼，他說他沒有明確證據。雖然有他認識的人居間穿梭，但是主導者是誰還有得查。這部分我需要去訪談其他人，至於對方要不要吐露內幕，我也沒把握。』

『說到其它訪談，我先出去打電話約訪。』接著伯格急忙走出會議室。

『德盧卡集團肯定是最大的關係人，伊凡・德盧卡和柯斯塔的對話就能證明。找他問問，肯定可以得到答案。』等伯格關上會議室的門，傑林用力揉揉眼睛，然後看著莫爾納說道。

『就怕他不願意說。如果他不說，我們就照柯斯塔的說法刊登。』

『如果沒有經過審慎求證，我們只能用比較隱晦的方式帶過。』莫爾納往後躺回椅背上。

『我也這麼認為，這樣對德盧卡不公平，至少要給他解釋的機會。』。

伯格回到會議室。

『我昨晚已經把想好的大綱寫在四張 A4 紙上，就放在桌上，你們先討論。剛剛跟凱恩・尤哈斯和威爾・佩德約了時間，我要出門了。』伯格拿走錄音筆還有筆記本，匆匆走出會議室。

『我們先討論要怎麼寫訪談內容以及分成哪些標題，等伯格回來再分配由誰執筆寫哪一篇。如果可以，我們先趕一點進度。』莫爾納手上拿著柏格的新聞提綱說道。

『我想我們應該要寫些可以振奮人心的故事。謀殺案不應該是主題，TRI 才是。你們的看法呢？』一直坐著思考的納吉終於吐出聲音：

『或者把柯斯塔醫生當主角？』傑林說道。

『把 TRI 當主角，柯斯塔並不會缺席，畢竟他是發明人。更何況現在用人當主角爭議性太大，訴訟還沒開始呢！』

『內容真的很豐富，而且柯斯塔醫師的談話內容幾乎圍繞著 TRI，用藥物當主角我覺得是不錯的選擇，可以讓這次的報導跟以前出現過以人為主的報導完全不同。』

『我同意這不應該只是關於謀殺的報導，應該是可以深入每個人內心的故事，TRI 的研發歷程可以大大發揮。』

『我覺得這份錄音檔是很有人性的紀錄。使用未經核准的藥物，這說明了柯斯塔當時是處在什麼樣的壓力下，來自公司的壓力、對方的壓力。現在被告，更要承受社會的壓力。』

『引起大家興趣的不會是謀殺，背後動機才能深入人心。』

『我也認為讓人感興趣的永遠是人，尤其是另一個人的內心世界。』

『TRI 帶給這些人重大生理改變，連帶也影響心理，可以說震撼醫療市場，我覺得可以寫些發人深省的東西。』

『最好看的報導莫過於含有悲傷的元素。人體試驗申請失敗對柯斯塔的影響。』

開車往公司的路上，柯斯塔邊開車邊想著要如何執行新計畫，他的黑色運動背包就擺在駕駛座和客座中間，資料就躺在客座上。一個人如果太過專注於內心的活動，往往會忽略掉眼前呼嘯而過的影像。車子轉進公司停車場，當他把車停好之後，才發現伊凡・德盧卡就站在車子正前方，帶著淺淺的笑容。柯斯塔關上車門繞過車子緩步走向他，這時候身後地面也響起腳步聲，他猜測至少有兩個人。兩側各出現一位穿著高雅的男子，但這類打扮並無法掩飾他們強壯的身材。兩位壯漢一味地跟著他。

柯斯塔知道他猜測的事情正在發生。

『如果我現在發生意外，應該會成為頭條新聞。』科斯塔看著德盧卡說道。

『你想太多了，你已經夠有名，我不需要幫你錦上添花。為你介紹，這兩位是我父親的保鑣。』德盧卡眼光撇向柯斯塔身後。

『你、威爾和我必須談談。』

不必轉身看也能感受壯漢身上傳來的熱氣。他明白，德盧卡和他沒有仇，有他在場，這兩名男子不會對他動粗，即使想擄人也不該在他的地盤。更何況他知道到他們來的目的。

柯斯塔點頭表示同意。

『他們會陪著你和我前往實驗室拿藥物。』德盧卡是認真的。

『大可不必，你跟我一起上樓就可以了。這兩位朋友一起去可能會礙事，之前已經發生過竊盜不成的事件。警衛看到這兩位彪形大漢肯定懷疑，可能會立刻報警。今天會讓你拿到你想要的東西。』

德盧卡從其中一位手上接過容器，並對他們示意留在原地。

兩人並肩走向公司大樓門口，沒有對話，眼神也沒有接觸。兩位壯漢原地站定看著他們的背影走向大樓。

『威爾，我在停車場遇到大帥，現在要進公司拿藥，麻煩你把儲藏室密碼一并記好，我們在三樓碰面。』走向公司大樓途中，柯斯塔拿手機撥電話給佩德。

『密碼？你沒有記住？還是你在給威爾打暗號？』

『根本不必記，密碼每天都不同。用過的密碼一個月內無法重複使用。』

德盧卡搖頭笑了。

『這是為什麼你們之前盜竊沒有成功。你一定很悶吧！』

『不是我。』

『當然不是。認識你那麼多年，你學識好，但是體育不行。我猜可能是剛剛那兩位的其中一位。好厲害的爬牆功夫。』

德盧卡笑笑沒說話。

走進公司大門，他們和警衛招呼。由於德盧卡已經來過這裡多次，再加上他是國會議員，經常在媒體上露臉，警衛也認識他，因此對他展現極為友善的笑容。德盧卡報以親切的微笑。

『你不覺得很誇張嗎？你父親派人來搶藥，你竟然還願意當打手。』兩人搭電梯時，科斯塔掩不住對德盧卡行為的鄙視。

『你知道的，每個人都會找到最適合自己的生存方式。我選擇暫時順從，以後就可以做自己想做的事情。』

『你父親肯定知道你的心思，他雖然老了但並不糊塗。』

『當然。他不是壞人，他在做一個經營者應該做的事。』

『我同意。在這方面，他很出色。』電梯開門，柯斯塔伸手作勢請德盧卡先走。

佩德已經在三樓儲藏室門口等他們。

『大帥，好久不見。』佩德跟德盧卡打招呼，佩德拍拍他的肩膀，兩人對著彼此微笑。

佩德轉身按下儲藏室的密碼，儲藏室大門應聲打開。

『你知道放在哪。自己拿吧！』三人走進儲藏室後柯斯塔對德盧卡說。

德盧卡在上次來參觀時放藥品的位置上看到相同的瓶子，順手拿了一罐，放進帶來的容器，蓋上蓋子、鎖好。

『上次你得分。這次我敗部復活。』德盧卡不忘酸一下柯斯塔。

『輸贏你說了算。這麼客氣，只拿一瓶。』柯斯塔帶著既無奈又充滿同情的眼神也酸了回去。

『如果有效，只要一瓶就夠了。』

『也是。或者你可以多拿幾瓶回去參考，看能不能也做出一樣的藥品。』

『不需要。事情已經發展到這個地步，我們再研發也沒用。』德盧卡看著兩人說道，

『你們會像上次一樣報警嗎？』

『我帶你進來的，怎麼報警？依照我目前的情況，把警察扯進來，只會惹出更多麻煩，我才不會這麼做。』柯斯塔搖搖頭繼續說道，

『我寧可把這段經歷看成是都市叢林冒險篇。上次偷偷摸摸闖實驗室，現在乾脆直接到實驗室搶。』

『我可以付錢。』

『付錢也改變不了被強迫的事實。沒有經過同意，都不算合法。既然是非法，就不是用錢可以擺平的。』

『我先回去了，下次聊。』德盧卡說了謝謝，轉身走出儲藏室。

佩德與柯斯塔目送他往電梯方向走去。

『從樓上辦公室落地窗就看到你和伊凡在停車場講話，也看到兩個不懷好意的壯漢。當你打電話的時候我就已經心裡有數。不知道他為什麼這麼想要這藥品。』

『我相信伊凡不會允許他們傷害我。更何況這是我們的地盤，我們的警衛是有配槍的。不要責怪他，他只是想完成他的任務。』柯斯塔帶著一抹詭異的微笑看向置放藥劑的位置，繼續對佩德說道：

『不是伊凡想要這藥品，是德盧卡老先生，他真是個偏執狂。我倒是想弄清楚他為什麼要花這麼大的力氣來拿到藥物。依照推論，老先生不適合注射 TRI，伊凡也知道。實在很荒謬，他到底想幹嘛？』

『藥劑已經被拿走了，想幹嘛也不是我們可以決定的。』佩德也很無奈。

柯斯塔繼續看著放藥的位置。

『在發什麼愣？我們快點出去吧。裡面很凍。』佩德推著柯斯塔的背趕緊往外走。儲藏室是個大冷凍庫，零下 6℃。

『威爾果然一點心機也沒有。』往辦公室走的途中，柯斯塔這麼想。

『我們都年輕過，那時候即使是橫衝直撞，也很難感受到死神會降臨自己身上。到了我父親這般年紀，真正的敵人不會是來自外面，敵人就在他身體裡面，正緩慢地進行毀壞性的工作，讓他的體能衰弱，活力減緩，疾病纏身。』凱恩．尤哈斯娓娓道來。

伯格去到位於布明市郊區獨棟樓房拜訪凱恩．尤哈斯。一樓有修剪整齊的花園，還有精緻的戶外用餐桌椅，桌上鋪著整潔米白色桌巾。進入屋內，一棟豪宅該有的模樣，都能從細節裡感受得到，精緻的掛畫、整齊的擺設，看起來是極簡風，但明眼人一看便知這些物品所費不貲。

有個精神科醫生曾說過，每一個靈魂都必然得經歷一段短暫卻充滿強烈哀痛的時期，然後才能進入另一個階段。跟新聞畫面上傷心宣布父親過世時的他不同，現在的凱恩．尤哈斯看起來雙眼有神，舉止大方；黑色頭髮閃著微微光澤，鬢角有些許白髮；五官明顯，線條工整。他應該已經接受了父親離去的事實，回復了日常生活。

『我想了解你父親是在什麼情況下接受柯斯塔醫師的另類治療。柯斯塔醫生說，他們邀請公司的小股東做自願臨床試驗。』

『是的。那時候的他已經快要失去自由行動的能力。所以當柯斯塔醫師向父親提出這個療法時，他立刻就做了決定，他想要改變現狀。』

『他不怕死嗎？』

『毫無畏懼。對迎接死亡，他早已經訓練有術。他曾經面臨許多次疾病的威脅，也從來沒有怕過，這麼多年來，一點事也沒有。確實是父親急著想要接受藥物治療，他認為這是千載難逢的機會。』

『他在治療前是什麼狀況？我的意思是生理狀況還有心理狀況。』

『接受治療前，如果在花園裡走動，由於行動緩慢，隨時都要拄著拐杖，身邊也需要有人跟著他。他不喜歡這樣，很像被監視。最遠的距離都不出這道圍牆，他說自己就像是一個被監禁的囚犯。他既不願意外出，也不喜歡親友來訪，他拒絕讓親友們看見他的不堪。』

『我能理解。衡量一個人的方式不是用年齡，而是用他散發的精力。』

『他一直都明白，如果想要好好地活在這個世界，他必須找到另一種治療方法，否則這棟樓房，將會是他的陵寢。他說他寧可外出，即使客死他鄉也比在這裡坐以待斃來得好。』

『這點我也認同。』

『你知道的，新藥物臨床試驗申請失敗。當他接到柯斯塔醫生通知時，整個人都傻住，他的期待落空了。他是個經營者，當然了解這個藥物對其它營利事業的影響。當下父親就認定是既得利益者投反對票，換句話說，無非就是生意！我們跟柯斯塔醫師求證，他什麼也沒說，大概他無法明確指出哪些人，或者他不願指名道姓。』凱恩．尤哈斯吞了一下口水繼續說道，

『父親極不甘心。他不願這樣毫無作為，只等待死神降臨。父親堅決要私下進行試驗，希

望柯斯塔醫師可以幫他。』凱恩・尤哈斯忍不住嘆了口氣，

『柯斯塔醫師最後還是答應，但是要給他時間，他會儘快安排，不過並沒說要安排哪些事，只說等他通知就可以了。後來我才知道，他總共安排了三個人試驗，另外兩人也希望柯斯塔醫師可以完成他們的心願。』

『他們三人彼此見過面嗎？』

『沒有。我們是無意中知道他們的存在。柯斯塔醫師打電話來關心父親的狀況時，順便也提到其他人的狀況，但沒說他們是誰。我們都知道另外一個是誰了。』

『我採訪柯斯塔醫生，他也沒說第三人是誰。不過，他也說了第三人不會提告，我們都沒有機會知道他是誰。』

雖然無法得知，伯格誠心祝福他可以活久一點。

『柯斯塔醫師有沒有說要再重新申請臨床試驗。』

『他說重新申請必須再等三年。他們還在想解決的辦法。他也知道我父親無法等到藥物重新申請，即使重新申請也不一定會通過。』凱恩・尤哈斯停頓了一下繼續說道：

『大概三個禮拜後我們接到通知，半夜去了柯斯塔的診所。整個治療過程大約三天。』

『於是就有了後來的記者會，提告。所有的一切都寫在合約書裡。』

『柯斯塔讓我看過合約書。關於治療，你父親滿意嗎？』

『非常滿意。治療後的父親，好像又活了一次，即使很短暫。我非常感激柯斯塔。他讓我

們全家人最後兩年的每一天都過得很充實，因為我們心知肚明，父親隨時會猝死。治療後，父親常常外出，也經常邀請親友來家裡聚餐，偶而還會去旅行。』凱恩・尤哈斯從容地對不相關的人說出實情，很顯然，他必須在沒有壓力之下才辦得到。

尤哈斯拿出合約書、新藥審查紀錄、還有一張光碟。

柯斯塔醫師雖然對藥物有完整的描述，但就像隔靴搔癢。就像在學校的學習過程，得利用實驗印證課堂上所講解的知識。沒有實驗證明的科學知識就像海市蜃樓。就在伯格想著如何開口，希望可以看看治療過程。

『原先的光碟裡有完整的治療過程。因為關乎病患的隱私，柯斯塔醫師說他沒有權力播放，要我自己決定是不是願意讓你看治療過程。我知道你很好奇，換作是我也一樣。』凱恩・尤哈斯很真誠的看著伯格，繼續說道：

『柯斯塔請我協助你完成報導，我相信影片會是最佳的佐證。』

機會就這樣出現，真的太善解人意了。

『原版 DVD 的長度總共有三天的時間，大部分的時間我父親都在睡覺。可以這麼說，他幾乎睡三天。你應該沒有興趣看別人睡覺，所以我只剪接最精華的部分，也就是治療前父親的狀況、注射 TRI 的過程、還有最後父親醒來時的模樣。』

TRI 已經確定是未來報導的核心，對伯格而言，觀看治療過程和柯斯塔的解釋一樣重要。

就在凱恩・尤哈斯準備播放器時，伯格也沒閒著，拿出滾珠筆還有筆記本，準備記錄他所看到的影像。

在公司的威爾・佩德和出現在媒體的他並不一樣。這裡說的不是他的長相。他還是那個樣子，戴著圓框眼鏡，頭髮梳得整齊，有著健康的古銅膚色。不一樣的是他談話的方式，出現在媒體時的他總是一臉嚴肅，說起話來溫文爾雅又不失專業。這不能怪他，做這一行的，尤其是已經到了CEO這個階級，肯定要幫公司樹立良好形象。今天的他，心思同樣細膩，口才辨給卻帶著幽默，尤其是男人之間都能心領神會的幽默。

『有太多事情困擾著我。公司業務、遭竊、新藥申請失敗，所有情緒全部糾結在一起。當事情發生，又找不到解決的辦法，即使是出國也好像要赴刑場。但是留在公司，也沒有心力繼續往前走，我完全被困住了。維克倒是一派輕鬆，在機場跟我演了一齣兄弟離別記。』

『這麼多年的朋友，這很正常，我也會這麼做。』

『我問過維克幹嘛要親自送我去機場，我可以自己叫車或用公務車。』佩德描述兩年前柯斯塔親自開車送他到機場的經過，

『他說，這麼多年來都沒機會送我出國，他想體會一下所謂的「生離」是什麼滋味，而且他剛好有空。真是好笑，我又不是不回來。』

伯格笑笑沒有說話。他記得柯斯塔說：『我必須押著他到機場，看著他離境。』

『如果他事先透漏他要幹的事，我一定會阻止。因為即使這麼做，也挽回不了新藥試驗被駁回的事實。』

『我猜你可能會綁架他，不讓他去做這件事。』伯格也認為他們的友誼堅固。

『一定。然後關他一個月。』佩德毫不猶豫。

『完全看不出任何蛛絲馬跡嗎？』

『我只知道在我出國前的幾個禮拜他一直很忙。除了往返實驗室、診所，好像還有更重要的事情佔據他的時間。』佩德在辦公室裡來回踱步，

『問他在忙什麼，他只拿交女朋友這件事搪塞我。你大概不知道，學生時候的他，只要一發現美麗的女學生，就會立刻採取行動。而這個欠揍的傢伙也從沒有失手的紀錄。這種事情對他來說簡直如探囊取物般容易。』

伯格想起總編輯說過的那個大八卦，用手抹抹嘴巴。他依舊忍住不問。

『還說等我度假回來他們如果還繼續約會，就介紹給我認識。對他交女朋友這件事，我從來不會有其它想像。拜託，他換女友的速度比我飆車的速度還快，從念書時候就已經是這樣。真不該相信他的鬼話。』佩德用右手食指與拇指揉揉眉心，

『送我出國那一天，他說真的希望我能好好休假，把不愉快的事情先拋開，回來再做打算，沒想到是要瞞著我搞這種事。』

『他為什麼會對這個新藥這麼執著？』

『本質上是為了他的父親才投入這方面的研究。在他父親過世的前幾年，一直沒有辦法很正常的活動，走路不順暢，偶而還會摔跤。他的身體不自由，活得很辛苦。』

伯格終於了解那天柯斯塔為何沉默了一會兒。這才是他真正研發藥物的原由。

『那跟罪惡感有關。他說作為醫生，他可以解決病人當下的需求，但是他更想為病人做他們真正想要的。幫不了自己的父親，幫別人的父親也是一種救贖，對他來講，意義是一樣的。別說那個時候，現在的醫學也只能做到這樣。』佩德繼續說道：

『他父親的臉孔，好像在對他發出怒吼，隨時都在鞭策他要擺脫枷鎖。努力研發這個藥物是他對付心魔的辦法。從那雙眼睛，你可以看出他的韌性。』

『在《蓄意謀殺事件》發布之後你們有過爭執嗎？』

『有。滿激烈的，但是很短暫。當時我認為是他背叛，我這輩子沒這麼生氣過。』佩德不否認，

『我當時想著等我回來之後一要把他罵到讓他跟我求饒。真的氣瘋了。』

『那他有跟你求饒嗎？』伯格笑開了。

『沒有。他根本不理我。我像隻被激怒的野獸在辦公室裡走來走去。而他冷靜地坐在椅子上看著我抓狂。』伯格笑的更厲害。

伯格明白他當時有多沮喪，但他也認為，柯斯塔相信自己是命運的舵手，既不願後退，也不願改變立場。重點是，他並不認為自己做的不對，在道德上他站得住腳。

『但我身上理性的那個部分很清楚我永遠都不會苛責他，他也知道我是真的生氣了。我想，當下的我應該很擔心害怕，害怕他做了蠢事，害怕董事會的指責。恐懼會扭曲一個人的判斷力。但是他一再強調，因為事態嚴重，必須保護我以及身邊所有的人，所以他什麼都不能說。』

『使用未經核准的藥物是違法的，你會擔心很正常。』

『當我聽到《蓄意謀殺》事件的時候，就猜到跟新藥有關，但不清楚事情的經過。他走上殉道者之路，拿自己做賭注，執行自己的正義。』

『你會不會認為，自己和公司因為柯斯塔的作為而陷入了什麼樣的麻煩！當事情涉及法律，情況通常就變得很糟。』

『藥物這種東西，事關安全健康，大家都很謹慎。魯莽的結果，就是會遭受懲罰。懲罰有很多面向，股票下跌、失去醫療單位還有民眾的信任。事情已經發生，唯一能做的就是收拾善後。第一關就是面對董事會。』

『董事會怎麼決定？』

『回來當天就已經利用視訊開了董事會，最後大家同意等法院判決再做決定。』經過了一小段時間的靜默後，佩德繼續說道：

『或許維克有經過縝密的思考，但他忘了，大家都和他在同一條船上。』

對柯斯塔而言，這已經不是法律問題，而是榮譽問題。伯格真的這麼想，但沒表示意見。

『爭執當天，當兩人好不容易情緒都緩和下來，他又提到他有新計畫。現在還不知道是什麼，我倒是要看看他在玩哪門子遊戲。』

『這件事對公司有多大影響？』

『純粹就股價來講，事件剛爆發的時候，股價是下跌的，但是後來又反彈。我們評估大概是因為公司在這件事情上讓許多股民開始對生物科技公司感到興趣，公司網頁瀏覽率在那段時間暴增，股價也莫名上揚。』

『柯斯塔有料到事情會這樣發展嗎？』

『相信我，他沒那個腦袋。』這句話又惹得伯格大笑。

『你們不放棄追查，反而是他意料之外。』

『很高興他說出了真相。』

『他是個好朋友也是個好夥伴，但是也有過不去的人生。他說過，一艘拖著錨航行的船是跑不遠的，而新藥被駁回就是那個錨，他必須把它甩開。如果沒有藉由這件事擺脫過去，他就很難再往前走。當我想得愈清楚，就愈能理解他堅持要做的理由。那天我在氣頭上，如果不是彼此都很小心翼翼，不知道最後會演變成什麼樣子。』

『他考慮離職？』

『是的。他說結果由他一人承擔。我說，想離職，可以，等我死掉的那一天。』

伯格不希望柯斯塔的新計畫又有麻煩，或再次出現老友齟齬、情誼切割，甚至焦慮衝突。

『你認識他這麼久，柯斯塔是如何兼顧臨床和研究？』

『維克總是說，必須要接觸病人。診所、實驗室兩邊跑當然很累，但只有這樣才能明白他們真正的需求，研究出來的東西才具有意義。』

『你們可以和醫院合作啊？』

『我有提議，但他不願意，他想親眼所見，親自接觸、體會，思慮才會完整。』

『這倒是。』

『他對實驗真的很狂熱。跟你說一些關於他的公開秘密，我想他應該不會介意。』

『跟解剖有關嗎？』

『不是。念大學時有一次在做有機實驗，他問我，如果把要陸續要加入燒杯的化學藥劑順序顛倒過來的話，會發生什麼事？他只問我，我還來不及阻止，他就調整添加的順序。』

『結果？』

『燒杯著火了，實驗室瞬間臭氣沖天。火勢還蔓延到整個實驗桌上，連我也遭殃，我氣到不跟他說話。不過拗不過他，氣也很快就消了。火滅了之後，助教沒說什麼，只要我們趕緊清理戰場，先把實驗桌整理乾淨，然後隔天必須交《檢討報告》給他。結果這傢伙在《心得報告》裡說他不想走前輩們走過的路，他想要創新。助教除了臭罵他一頓，也拿他沒辦法。』他帶著內行人的笑容看著伯格。

人腦和毅力、信仰一樣偉大。沒有人能抵擋得住追求高超理想的狂熱份子。

『還有一次，這次我不在現場。他臨時想用化學實驗室裡的藥劑調配隱形眼鏡藥水。突然間，實驗室通風櫃炸開，把擋在他和櫃子之間的那片塑膠炸破，他的臉不但被割傷，火焰也把他左邊眉毛燒掉大半。後來他大笑跟我還原現場時說，爆炸太好玩，他要繼續試。第二天，教授把他叫去辦公室，沒有責備，只是冷冷地跟他說，他為了自己的《實驗》，讓系上損失慘重，通風櫃很貴，而且也讓自己陷入危險。不過教授說還好沒有釀成火災，他也只受皮肉之傷。他不反對他繼續做實驗，但是在實驗前要仔細想清楚所有化學物質彼此的交互反應。叫他以後小心一點，如果再發生一次，他可保不了他。』講到這裡佩德笑著繼續說道：

『這傢伙比較像狂熱分子，不像醫生或研究員。』

伯格喜歡柯斯塔的悲天憫人。他可以想像當他在做這件《違法》事時，內心是驕傲的，因為他證明自己有勇氣和意志走一條沒人走過的路。他在定位自己的角色，他是一名劃時代的先鋒。

# 17

伯格將調查事件和訪談串連之後，事件的拼圖已經接近完成。伊凡・德盧卡便是那缺失的一環。

在打電話約德盧卡之前，伯格並沒有把握他會答應訪談。他明白他必須跟德盧卡說實話：德盧卡集團和創世紀科學公司的新藥合作案破局，世紀科學公司遭竊，新藥申請臨床試驗失敗，德盧卡曾經去診所拜訪柯斯塔。柯斯塔接受他訪談時已經明白對他說清楚了，他希望德盧卡可以補充說明，讓事件可以多面呈現，如果他什麼都不願意說，那他們就只能根據柯斯塔的口述撰寫成內文。

當德盧卡說願意接受他的訪談時，他便重新回顧德盧卡去拜訪柯斯塔診所時，柯斯塔播放倆人對話錄音裡的一小段私人談話。

『背叛應該在暗地裡進行，你竟這麼明目張膽。你是這樣善待你的朋友？』

『這不是背叛，這是反擊，當然要公開執行。因為你是這樣對待凱特！』

醫院位在蒙頓市郊區的小山坡上，占地約二十公頃。還沒進到醫院就能看見樓高十幾層的醫療大樓、門診大樓，裡面應該包含數量可觀的住院病房。伯格依照路標指示進入停車場，超大停車場大概可以容納數百輛車子。停車場旁邊甚至有餐廳、速食店，甚至有公車開進院區裡面。這座醫院宛如一座山間小城。

偌大的院區裡，很容易就能看到正要去停車的、已經停好車子的、或手捧鮮花、手拿點心的訪客們，還有穿著醫院制服的員工到處穿梭。放眼所及，可以看見一座小公園，鋪著修剪整齊的草皮，也能看見病人步履蹣跚的在大樹參天的小徑上漫步。伯格幾乎難以想像，在這個如詩如畫、井然有序的地方，竟有不為人知的陰謀在這裡策畫、執行。

伯格停好車，走到醫療大樓問過詢問處的服務人員，看著服務人員的手繪圖穿過大廳，搭電梯上樓，轉了好幾個彎。走了將近十分鐘，終於來到伊凡・德盧卡位於醫療大樓的辦公室。

敲了門，裡面有《請進》的聲音傳了出來。

德盧卡示意柏格到會客區沙發。伯格坐了下來，把郵差包放置在大腿上打開，連忙抽出寫著問題的筆記本和錄音筆放在桌上，然後把袋子放在腳邊。他不是政治記者，這是他第一次訪問國會議員。心想作為國會議員的他，一定經過無數次像這樣記者來到他面前進行專訪。伯格按下錄音鍵。

『謝謝你願意接受採訪。』

德盧卡坐在辦公桌後面，領帶鬆鬆垮垮地垂在掛在脖子上，臉上無精打采。

『不必謝我，維克在你約訪之前就恐嚇我，說他已經接受你的採訪，有提到我的名字、德盧卡集團。如果我不接受採訪，就等同放棄幫自己和德盧卡集團洗白的機會，因為你們只能根據他的說法寫成文章。』

『他說的沒錯。』

『他說你們對這件事很認真。』

『對任何線索，我們都會全力訪查。我們確實把它當一回事。』

『所以說，內幕曝光只是早晚的事。』

德盧卡起身繞過辦公桌，走到伯格的對面單人沙發上坐了下來。他看了一下桌上的錄音筆。

『確實是。不過我想先說明一件事，我們的目的並不是要揭發你們和不同集團之間的角力，這真的沒什麼好著墨的。創世記公司新藥臨床試驗被駁回這件事才是真正的主角。根據柯斯塔醫師的訪談，其中可能牽涉到德盧卡集團，但這是他單方面的說法，我們希望從你這裡得到證實，這件事情，你們集團扮演什麼角色。』伯格直接表明來意。

『我全力支持藥物試驗直接進入第二階段。所有我認識的，也接觸過這個新藥的醫療人員都知道，對某些病人來說這是很好的藥物。我投了贊成票，維克甚至都猜到我會投贊成票。』德盧卡苦笑，繼續說道：

『至於反對票，我猜測應該是我父親和其他人視訊會議討論之後所做出來的決定。我會這麼說是因為每一次的視訊會議我都沒有參加，所以我沒有直接的證據證明我父親唆使其他人投反對票。我問過他，他不承認，至少沒對我承認。他只說，其他人的決定他無權干涉。』德盧卡說得很真誠。

『關於你父親可能干預投票這件事，為什麼他要這麼做。你個人怎麼想？』

『我父親是個出色的經營者，這點連維克都認同。他非常了解維克和威爾，還有這個新藥的好處。他有可能出手阻止，因為新藥可能會影響、甚至改變未來醫療集團的經營模式。』

伯格點頭表示同意。

『就某種程度，我也間接幫了一些忙。』

『怎麼說？』

『一開始，我父親想私下了解這個藥物對病人的影響，所以想去偷些藥物自己做臨床實驗。而他希望藉由我和維克和威爾的情誼，去幫他錄下儲藏室的密碼。而我也這麼做了。』

『為什麼不直接跟他們索取藥物？』

『如果藥物臨床試驗核准，我們也不是執行者。如果新藥的功能就如同創世記公司所描述的，不論從哪方面看，所有醫療集團的經營肯定都會受到影響。更何況創世記公司不想讓德盧卡和部分醫療集團獨賣這個藥物。』

『我懂。我也相信新藥會直接影響集團營收。所以不論創世紀公司遭竊、發表和創世紀的合作的記者會，你父親一直是那個深喉嚨？』

伯格一直以為自己追蹤的是伊凡・德盧卡，不料最後的結果卻不是這麼回事。沉默像影子般橫亙在他們中間。

『想喝咖啡嗎？』

『好。黑咖啡，謝謝。』

德盧卡站起來，走向咖啡沖煮壺桌邊，倒了兩杯咖啡。回到訪談位置，拿一杯給柏格。德盧卡慢慢地啜飲著咖啡，沉思接下來該說些什麼。

『這麼說好了，根據《打聽》來的消息，我父親在創世紀新藥試驗送審的時候，就跟幾個重要的幹部至少開了三次會議。我一次也沒有參加。』德盧卡露出無奈的表情。

這太有意思了，醫療集團的王子竟然還需要《打聽》！他是被刻意排除在外？還是因為他父親太了解他和柯斯塔、佩德之間的友誼，而不讓他涉入其中？

『為了因應他們新藥即將上市，聽說我父親至少安排《作戰三部曲》。』

『哦，哪三部？』

『獨賣、阻擋、毀滅。獨賣，就是你看過的那則雙方要合作的新聞。』

『阻擋，就是竊取新藥。我認為竊取新藥不是為了製造一模一樣的藥物，因為這不是在短時間之內就能完成。應該是要研究注射新藥之後可能的副作用。你知道的，新藥的副作用就是猝死，他們或許想證明新藥的毒性，因為沒有臨床試驗就無法證明在人體上是否有毒性。如果可以證明還有其它的副作用，他們就無法試驗、甚至上市。』

『猝死這個副作用還不夠嚴重嗎？』

『我同意。但是無法證明猝死是新藥引起的。即使平時看起來很健康人都有可能猝死。』

『也是。』

『很諷刺的，成功阻擋的因素卻是在投票，而不在三部曲。』

德盧卡的說法印證了與創世紀公司合作破局，還有創世紀科學公司遭竊這兩件新聞。

『《毀滅》呢？』

『他也做了。』

『怎麼做？』

『雖然我沒有直接參與三部曲計畫，但我也是共犯。偷新藥之前，我幫他們錄下逃脫路線、取得密碼，這一部分他們失敗了。二是強取 TRI，藥拿到了，結果還是失敗。』

『強取？柯斯塔說你曾經去跟他索取藥物給你父親使用。你父親是想藉由新藥為自己治療？』

『一開始我認為是這樣。維克不給的原因是我父親不適合這個藥物，注射藥物可能會出現嚴重後果。這會害了大家。』

『我可以理解這藥物對你父親可能造成的影響。』

『維克不給，所以我帶人去創世紀公司拿藥。』

『怎麼拿？』

『帶保鑣去拿。他身邊圍著一群蓋世太保。』

一陣沉默之後，德盧卡繼續說道：

『我父親相信維克總有一天會把事件的來龍去脈公諸於世。果然沒錯，事情已經爆開，他已無力扭轉局勢，不過他一定會做最後的努力。這是他解決問題的方法，他一向奮戰到最後一刻。』

『什麼努力？』

『他說，在踏入棺材前要做最後一次的努力，至少讓自己可以自在地活動。剛才說了，他讓我帶著保鑣去實驗室拿藥。』德盧卡大致描述了那天去停車場堵柯斯塔的過程。

讓自己可以自在地活動。伯格想到的可不只是這樣，一是他想利用自己的死亡打擊新藥未來上市的可能性。只要公開他注射後立即死亡的影像，輿論會沸騰，這個藥物要上市的機會就難上加難。伊凡・德盧卡不願意提這個殺手，大概是不希望別人認為他父親是個狡猾詭詐、甚至是卑鄙下流的操縱者。二是，如果沒有死，至少有機會可以讓自己活動力變好。這是一石二鳥之計。

『你應該制止別讓他注射藥物啊！』

『已經來不及，他早注射藥物。』

『結果？』伯格冒了冷汗。

『沒有結果。如果有結果，集團會放過這個機會嗎？早就上新聞了。』

《集團會放過這個機會嗎？》證實了伯格一石二鳥的想法，但他沒說出口。

『說的也是。《沒有結果》又是什麼意思？』

『什麼事也沒發生。我父親注射藥物會有兩種結果，一是死亡，二是能較自在行動。但是什麼變化也沒有。據我所知，我父親連睡著都沒有。』

『……』伯格感到不解、害怕。

『我也很好奇到底發生了什麼事，所以把殘留在瓶子裡的藥劑拿去化驗。裡面是葡萄糖溶液。』德盧卡苦笑，

『維克應該早就猜到我會想辦法拿到藥劑。他把藥品掉包了。空瓶子還放在我桌上。』他轉過頭看著還放在辦公桌上的空瓶。

伯格鬆了一口氣。

『如果新藥上市，對現代的醫療衝擊會有多大？我是指對醫療集團的《營收》。』

『創世紀新藥即將做人體測試這件事一直困擾著我父親。他當然了解藥物的好處。我認為他們有仔細評估過，新藥對目前醫療體系的衝擊應該不小。畢竟，常來醫院看病的以老人居多，符合新藥的使用對象。至於影響的層面有多廣，因為沒有經過臨床試驗，確實的數字沒有人知道。』

『或者你認為影響其實不大嗎？』

『我認為會有影響，但是新藥符合人性，即使有影響我也認為可行。現在的醫療管理早就偏向企業管理，醫療可以追求成本效益，但是不應該把利潤極大化。利潤極大化對股東有好處，對醫療人員，對病人都沒有好處。』

『所以，這是你和柯斯塔關係這麼緊繃的原因？』

『不是。但我知道，這件事讓他到現在都還懷恨在心。』

伯格從事採訪工作多年，可以從語調判斷真假，德盧卡說的是真心話。他可以感受得到他們那種介於火熱和冰冷之間的友誼。

『不論如何，最後的結果讓維克失望了，相信他受了很大的打擊，他非常重視這個新藥。』講到這裡，德盧卡臉上出現短暫的抽搐，疲憊的神色在他臉上顯露無遺。

『採訪柯斯塔的時候，曾向他打聽過你，作為一個政治人物的你是不是一個值得信賴的對象。他說：伊凡值得信賴，只是手段有點激烈。』

『感謝他還在為我的人格辯護。他在做他認為對的事情，我也一樣。至少是我認為對的事情。』

伯格發現伊凡・德盧卡是自負的，這大概也是他的致命傷，不被父親委以重任對他而言必定是莫大打擊。

『可以談談你對醫療的理想嗎？』伯格會這麼問是因為柯斯塔曾說過：這不是伊凡想要的醫療模式。

『這部分，我和維克的想法類似。我們都認為醫院應該是為了治癒而建的機構，而不是為了延長無謂的生命。』

『治療確實是為了延續生命啊！』

『當然是。如果治療之後可以讓病人恢復健康，當然該救。』

『我所謂《無謂的生命》是《無效的醫療》，指的是在奄奄一息的病患身上採用最先進的技術來延續生命。就像，如果病患的心臟和肺臟沒有先進的葉克膜、呼吸器、甚至藥物的幫助，就無法正常運轉，病患的大腦甚至已經沒有正常運作的跡象，就不應該再採取任何醫療行為。這時候讓這些病患繼續待在醫院裡並不恰當。』

『家屬還抱有一線希望。』

『那是因為他們對死亡的恐懼已經凌駕於理智之上。把臨終病患留在醫院愈久，除了讓保險公司付出更多醫療費用之外，沒有其它好處。』

『這些臨終前的過度治療是院方的要求還是醫生想要進行的？』

『都有，部分是家屬的要求。醫師基於救人理念，必須搶救，但是也有很多醫生不願意執行，因為他們知道這些醫療措施對臨終病患只有折磨。』

『我懂。』

『高齡病患通常百病纏身，會讓他們進醫院的那一項原因只不過是壓垮駱駝的其中一根稻草，誰都不會知道這些病患會因為什麼原因住進醫院。即使使用先進設備，能不能讓他們生存下來是一件事，最殘酷的是，這些方式並無法讓他們在被救活之後擁有健康的身體。』

『確實。我曾採訪過一位死亡病患的家屬。家屬說已經死去的親人曾接受醫師評估，即使做了最先進、最積極的治療，也只有四個月可以活。於是病人決定不做任何治療，回家休養，每天只服用最簡單的藥物，做自己想做的事，吃想吃的東西。直到有一天再也沒有醒來，而這已經是八個月以後的事了。』

『我懂，他不想受這個苦，也做了對自己最好的選擇。我有些醫師朋友也做了類似的決定。當他知道自己得了不治之症，而且時間所剩不多，他也不願接受治療，因為他知道醫學的侷限性，即使要幫他治療的醫師是這科別最頂尖的醫生，他也不為所動。他決定立刻出院，而且從此再也沒踏入醫院一步。他把所有時間和精力都放在家庭生活上，過得非常快樂。幾個月後，他在家中去世。』

這兩個例子，讓伯格和德盧卡都陷入沉思。

『要不要談談未來你要如何改變這種現象。』

『談也沒用。我目前並不在可以做任何改變的位置上。沒有權力的人光談理想是改變不了任何事情。如果你真正了解權力運作，大概就能體會，小人物做得再多，都不如大人物說一句話。很多人都想改變現有的經營模式，但現實是殘酷的，上層的決策不動如山，底下的人一點也使不上力。』伯格幾乎可以聽得見德盧卡的哽咽聲。

陽光透過窗戶的玻璃，照在德盧卡的臉上，使他的側影顯得特別清晰。伯格聽著他說話，心想，到底需要多大的勇氣才能讓自負的他說出這麼沮喪的話。

『有個狂熱的父親，我待在集團也改變不了任何事。在醫院我沒有發言權，當個政治人物，或許會有比較多的機會改變目前的醫療狀態。我說或許。』德盧卡一臉悶悶不樂。

『人生諸事恐怕不能盡如人意。』伯格安慰他。

他永遠都會記得德盧卡盯著地板的空洞眼神。

訪談最後，伯格很想問他與柯斯塔在診所的私人對話。事情經過是怎麼回事？這段愛情故事為何不了了之？最後忍住不問，畢竟那是私事，也與未來的報導無關。

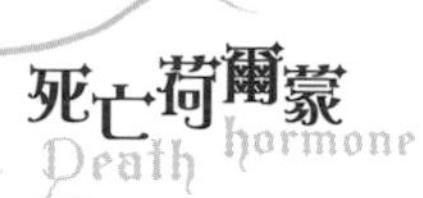

# 18

## 五月二十三日　星期五

九點不到，伯格就進雜誌社，走到編輯室自己的位置，打開電腦，插入隨身碟，打開資料夾，並在鍵盤上連續敲下數鍵，列印機便將前一晚所搜尋到的一頁一頁資料印出，幾分鐘後，列印機停了下來，堆在他面前的是厚厚一疊有關粒線體的搜尋資料。他把所有的資料抱起來順便拿著筆記簿走進會議室，將其堆放在會議桌中央。關上門，開始將資料分門別類。

他走回編輯室拿一木盤，放上一壺咖啡還有五個杯子，走回會議室。

在會議室最裡面靠牆的位置有一整排書架，架上擺放各式各樣的書籍。由於網路發達，編輯們大都在網路上查詢相關資料，這成排的書架已經少有人接近，幾乎已成裝飾品。

伯格啜飲一口溫熱咖啡，兩眼盯著窗外，等待編輯們到齊。其他組員陸續抱著自己的資料走進會議室。今天，會議室由醫藥組專用，會議桌上面堆滿各種大家所列印資料，還有各自的電腦。所有錄音檔，伯格已經從頭至尾聽過兩遍，他將可能引起爭議的大綱列成一張清單，準備和組員討論。

『我們現在來討論一下哪些人的名字、哪些內容應該出現在特刊裡。』伯格順便拿出印好的大綱發給大家：

**1以TRI爲首，研發；2新藥試驗、申請失敗；3現代醫療，優點、缺點；4新藥的浩劫、名人之死；5新藥的好處與壞處；6德盧卡集團？**

總編輯走進會議室，看著會議室忙亂的景象，這種景象每星期總要來來回回重複好幾次，尤其到了下午，更是人仰馬翻；從早上開始記者忙著撰寫新聞稿，貼上官網前的會議則在五點展開。

『真的不敢置信，我們正準備寫雜誌社開辦以來最大、最具震撼力的報導。尤其是柯斯塔的訪談。剛開始我還擔心這只是一場騙局。』莫爾納很開心地跟組員說，這種心情只有在準備極具震撼力獨家新聞的編輯才會有的。

『已經有兩人死去了。我們訪問了所有的當事人，也錄音了。我認為這是比核彈試爆還更具爆炸性的新聞。這將會是今年最大的頭條，一份足以震撼全世界的專刊。』納吉說道。莫爾納點頭同意。

『我認為德盧卡集團不要出現，這會對民眾造成不好的觀感。更何況我們並沒有直接的證據可以證明德盧卡集團是始作俑者。』莫爾納看著大綱說道。

『那麼就把這小節刪除。』伯格回應。

『最後小節，我認為可以寫些心靈上的東西，例如，跟死亡有關的生命故事。』拉伊爾接著說。

『好。原則上就寫這六個章節，你們自己先決定要寫哪幾篇。最後我們再訂定標題。』莫爾納說道。

前一天每個人都各自找了資料，也有各自的心得。想好自己想寫哪部份就在大綱的小標題後面簽上自己的名字。分配好之後，大夥兒們就開始撰寫。

即便電腦這麼方便，伯格仍習慣在紙本上寫大綱、還有修改文字，即使在電腦上打字，遣辭用字也非常謹慎小心。而納吉則像一場暴風雨，對著電腦敲打文字同時也自言自語。

『安靜點。』每當大夥兒聚在一起撰稿時傑林就得吼一次。

『你要我說幾次，這裡是會議室又不是圖書館。我們早該被訓練得即使在吵雜的環境裡也要《心如止水》，同時要眼觀四面、耳聽八方。』納吉不甘示弱。

『你們倆就別吵。先把稿子寫出來再說。』拉伊爾回擊。

『他這麼吵，讓人很難專心。』

『他又不是第一次這樣。』

『我知道。今天我們在趕稿。』

『先寫吧！寫出來的文稿，反正四個人要輪流校稿，再有爭議，總編輯與發行人會也會搞定一切。』

會議室裡忙碌的情況有如一場暴動，寫字的寫字，需要思考的站起來走動，有人站在窗邊看著窗外，有人倒好了咖啡後又回到工作上。現在時間將近中午，伯格站在椅上後面，揉了揉那雙充血的眼睛，沉吟了一會兒；身上的外套已經脫掉了，身上襯衫上的釦子也解開兩顆，袖子已經捲到手肘上。

『對了，你們對粒線體有沒有什麼要問的？或者有其它問題。』伯格突然開口問大家。

『我們又不是專門做研究的，讀者不會想知道這麼多吧！』

『我還有些問題想再問問柯斯塔。如果有其它問題我就一併提出。』

『我有。問他擔不擔心因為我們寫的報導而被誤解。』

『我也有。順便問他，德盧卡老先生是什麼樣的人。』

『你好啊！拉塞爾爵士。』柯斯塔看到柏格停好車、關好車門往診所走，邊說邊走出去迎接他，

『《死亡荷爾蒙》報導進展到哪個階段？』

『已經有了初步的構想，大方向已經定了，生命的故事。最快今天就可以完成初稿。』

『哇！生命的故事。我喜歡。會是個大工程。』兩人握手之後柯斯塔微笑帶伯格到候診室入座。

『需要花點功夫。還好，我們有四個人一起撰稿。再不行，還有總編輯和發行人撐著，我

們並不擔心。』

『我需要再跟你確認一些資料。原先的資料如果不正確，就需要再做修改。』

『你可以打電話就行了，不必再跑這一趟。』

『我習慣面對面訪問，比較有真實感，下筆的感覺會不一樣。』

伯格同樣拿出錄音筆、筆記本，把不是很清楚的概念一次問完整。

『接下來我要問的問題，不一定會用在報導上。有一部分純粹為了滿足自己的好奇心。最重要的當然就是粒線體，它跟細胞凋亡跟老化又是怎樣的關係？』

柯斯塔在一張白紙上畫圖，跟他解釋粒線體的運作、產生的火花，這些火花如何傷害粒線體本身還有其它的胞器，最後顯現出疾病、老化。

『還跟得上嗎？』

『可以。』

『所以當人越來越老，肌肉會愈來愈退化，活動力愈來愈差；腦神經愈來愈退化，記憶力衰退，聽力、視力愈來愈不好。應該這麼說，所有的細胞都會因為長時間的使用而退化。』

『科學界對粒線體的了解有多深入？』。

『就像地球只是宇宙裡的一顆星塵。現代醫學對粒線體的了解就像我們目前對宇宙的認知一樣，只是滄海一粟。人類對粒線體都搞不定，竟妄想當上帝。』

『你會不會擔心因為我們的報導而遭到誤解？』

『一點也不。你們可以根據訪談內容寫報導，不必在乎我的想法。』

『我不是這個意思。我的意思是，這件事要是被醫師協會知道，會做什麼樣的懲處。』

『我大概可以猜得到。不過，不論你們報導與否，這件事早晚都會曝光。在整個事件中，我已經違反許多職業原則，但是我有自己的信念，選擇。我們可以從理智面甚至道德面來探討我的所作所為，但是絲毫改變不了我的決定。反正我已經《壞事做盡》，被告《蓄意謀殺》，我也沒有什麼好失去的了。』柯斯塔說得很輕鬆。

『最後，我想知道你對德盧卡老先生的看法？』

『我很尊敬他，也認為他是個出色的經營者。對股東盡責，但相對的，對醫護人員就比較苛刻。』

『就阻擋新藥臨床試驗這件事，你對他有怨言嗎？』

『有。我原本希望可以找到其它的合作模式，但是他們選擇對抗。』

『順便一提，如果你們想要《獨家》，記得趕在今天出刊。星期六晚上八點，如果有空，歡迎來診所看我。如果有時間，我們可以先聊一聊。』柯斯塔露出得意的笑容。

去診所看他？先聊一聊？柯斯塔帶著莫測高深的微笑說再見，感覺就像明天即將發生的事件將會為他留下歷史傳奇。在那淺棕色的眼睛裡，到底還隱藏著多少秘密！

當伯格回到雜誌社，已經是下午五點。他們只剩下幾小時的時間可以寫他們此生最大的一條新聞，一條足以震撼全世界的新聞，更可以解決《蓄意謀殺》懸案。

外面天色已暗，伯格正啜飲著杯裡的咖啡，他已經累了，所有人都累了。現在時間是晚上九點，他們已經在辦公室裡待了十二個小時。

吃過訂來的晚餐，列表機嘀嘀答答地列出第一份校樣，所有人開始校對自己的稿子和其他人的稿子。伯格靜靜地慢慢看著、訂正；傑林很喜歡這份初稿，拼命微笑點頭；納吉喜歡他所看到的東西，還不時發出嘖嘖的聲音；莫爾納拿著鉛筆看稿子，忙著砍削文字，發行人溫西尼爾則不停地在空白處塗寫。最後，所有組員和總編輯、發行人一起討論標題。最後一次校搞後，大家都同意把文稿放上網頁，以十八頁的特刊探討《蓄意謀殺事件》，**主標題爲「死亡荷爾蒙特刊」，底下細分爲六個小標題**。

為了慰勞大家，總編輯走出去之後又送進來一壺咖啡以及一些水果。

半夜十二點，根據原定計畫，文章上線後，只有總編輯、伯格和拉伊爾需要留守辦公室以便回覆讀者留言。但是到了凌晨三點，所有醫藥組編輯全部都還在，另外還有一名電腦工程師在場。

# 19

## 五月二十四日　星期六

天色已暗，氣溫也隨著日落而降。伯格提早半小時來到柯斯塔所診所的時候，就看見診療室門邊已經有一架對準診療室的攝影機，新聞台攝影記者正在調整畫面與收訊。伯格走過去跟柯斯塔打招呼，手指戶外，他會在室外等他。

穿著白色醫生袍的柯斯塔在診療室裡面走來走去，忙著整理醫療裝備，病床旁邊，有座吊點滴袋的高架子。架子上已經掛好精密輸液套、生理食鹽水、葡萄糖輸液或是配方輸液等靜脈注射用品。在不遠處，有個帶滑輪的桌子，上面整整齊齊的擺著許多真空包裝的針管以及儀器。

伯格猜得到，今晚將有另一位臨床試驗者接受試驗，現在這間診療室成了病房，這些裝備，在凱恩・尤哈斯播放給他看的錄影中全部都出現過。今晚他將親眼目睹施打藥物的過程。

伯格退到室外的一個角落，這裡是避免別人注意到他的理想地方。由於心情激動，雙腳一直不停踱步，雙手不停地搓揉。

他心裡明白，看錄影是一回事，因為事前就知道利奧・尤哈斯新藥試驗是成功的，他持續生活了將近兩年。錄影是虛幻的，《現場》呈現的是另一種氣氛。就像兇殺案，看媒體報導和人在現場時的感受是不同的。人體試驗今晚將活生生地在眼前展開同時放送到全國人民的眼前。

伯格所關心的，已經不是藥物違不違法的問題，而是試驗是不是成功。他真的希望最後的結果可以讓病患得償所願。

對著診療室的鎂光燈很強，照在診療室白色牆壁上被反射到候診室來，相對於外面的黑暗剛好形成強烈對比。

今天，平常看診的診療室將變成介於生與死之間的過渡區。是生也是死。生與死兩者之間到底有多寬廣，沒有人知道。

候診室裡又陸續闖進一些人，或坐或站。他們應該都是收到晚上臨床試驗通知的記者們，手上不是拿著筆電，就是相機還有錄音裝置。走過去詢問才知道，他們都是在下午接到消息後，匆匆趕來的。他們在那裡等待，等病患就緒後，柯斯塔將出面說明細節。

柯斯塔備妥所有裝備儀器後，微笑對記者群點頭示意，然後走出診療室。伯格看到柯斯塔走出候診室也立刻走了過去。柯斯塔示意，兩人走到診所外面沒人的角落。

『幾點開始？』

『大約8點左右。等病患到來。』

『攝影記者是要現場轉播還是錄影？』

『全程直播。』

『今晚的《楚門秀》是因為我們持續的追蹤，才讓你有這樣的想法？』

『不是。這個計畫原本來是要等到檢察官發布起訴或不起訴之後才會執行。那個時候會是最好的時間點，因為當時我不認為媒體可以查到什麼。你們的追蹤只是催化劑，等你們的報導出刊，就等於提供另一個更完美的時間。當我告訴你真相的時候，就已經準備好要提早進行。』

伯格從背包內拿出紙本《特刊》交給柯斯塔。

『一篇好的報導，標題不應該使用疑問句。先跟你說一聲抱歉，六個標題，我們用了三個疑問句，因為這些答案我們無法替讀者回答。』

『網路特刊已經在星期五晚上上架。這份是昨晚列印出來，再用人工裝訂的陽春版。唯一一本紙本雜誌。你獨有的。你手裡拿的特刊內容都可以在雜誌社網頁上看到。如果你還沒有機會上網看，半夜可以找時間看，那時候上線的人會比較少，比較不會塞車。』

『我還沒有時間上網。』

『星期五晚上太多人同時上線，網路當機。今天也是，一直到我離開雜誌社前，網頁還是跑得很慢。我來這裡之前，大概已經有三百則留言。現在應該更多。』

『都是些什麼樣的留言？』

『留言絕大部分是：是不是真的有這種藥物、討論現代醫療的優劣、很多人願意付出生命長度換取生活品質，也有人說了自己親友的故事，甚至形成討論串。等你有空，可以上網看看，我覺得看讀者的留言更有趣也更真實，留言才是讀者真正的反饋，我們很珍惜。如果你願意親自回覆，肯定會給他們驚喜。不過，每個人的觀點都不同，也有些人口出惡言說這根本是謀殺。』

『我了解。先等這件事告一段落。』柯斯塔笑得很真誠。

『這件事讓你成名了。』

『這樣的成名方式我寧願不要。一個沒沒無聞的人，比較能夠做想做的事。』

柯斯塔看著特刊，雜誌封面標題列著：

**「死亡荷爾蒙」特刊**

**1、如果體能可以借貸，你願意付出什麼代價？**

**2、TRI（死亡荷爾蒙）研發歷程。**

**3、命運多舛的新藥試驗申請之路。**

**4、TRI是「解藥」還是「毒藥」？**

**5、現代醫療，是上天的恩賜？還是磨難的開始？**

**6、讓生命回歸自然。**

『內容總共十八頁。你想先看哪一篇都行，每一篇都是獨立的，但也彼此相呼應。』

柯斯塔翻開特刊到《6、讓生命回歸自然。》頁面，一段既冷酷又符合現實的開場白：

**《在自然界，你很難看到很老或病的很重的掠食者與獵物。掠食者會因老、病而無法捕食，很快邁入死亡階段。獵物亦相同，因為無法輕易逃脫，很容易成為獵捕對象。人類在國家與社會醫療的保護傘下，老與病反成了常態。》**

『再找時間拜讀大作。』柯斯塔笑了笑合上特刊。

『給點意見！』

『網路上也是放這張照片嗎？封面照片可以換一張比較帥的嗎？』

『網路上特刊的底圖也是這張，一模一樣的排版。這張照片是在你走出診所時拍到的，那時候你正準備要離開。我覺得這張很符合你現在的狀況，頹廢的自信。』

這時候，停車場駛入一輛休旅車，柯斯塔見狀便把特刊折好放進外套口袋，走向來車。柏格也發現，攝影機已經開始運轉，並且將鏡頭轉向柯斯塔前往的方向。

柯斯塔和從駕駛座下來的中年男子握手寒暄。接著男子從後車廂拿出一張輪椅，將打開的輪椅置放在前面客座的車門旁。打開客座車門，兩人輕扶著一位行動緩慢的老先生慢慢走向輪椅。老人坐定後被推進診所直接進入診療室。

兩人將老先生從輪椅上扶起，讓他走向診療床並在床緣坐下，擺好枕頭。之後柯斯塔一手扶著老人的頭，另一隻手繞過前胸扶住老人的頸部；男子則抬著老人的小腿，兩人合力把他放在診療床的中間，小心安置在病床上。老人躺好之後，繼續和柯斯塔談話。中年男子從後背包裡拿出一疊資料，然後走出診療室。

在場的記者們很有默契，並沒有追著受試者要他接受訪問。他們應該是事前就接獲通知，開始注射藥劑之前會有聲明稿給大家。就在伯格猜想的同時，男子代替父親念聲明稿：

**新藥試驗聲明稿**

**我是路易・勒菲弗爾，今年78歲。我的身體一天天衰竭，體能逐漸走下坡，目前已經需要拐杖輔助行走。在不久的將來，可能就會衰退到無法獨立生活，恐會需要一位護士完全照顧我的生活起居。我不能容忍自己變成完全需要別人照顧的樣子。**

**今天這項新藥試驗只是原先計畫的延續。原先的計畫是在藥物核准之後，我就成爲受試者其中之一。很無奈，藥物臨床試驗申請失敗，計畫被迫延後。新聞事件發生後，我與醫生懇談，我需要這個藥物。經過醫生重新評估，我身體的情況依然符合他們的試驗條件。我的心理狀態很健康，不但經過深思熟慮，也和家人商討過。我知道自己在做什麼，希望我的選擇能被理解，請別做其它的揣測，純粹是個人的願望與期待。**

**我也接受醫師的請求，讓這個治療過程完整呈現在大衆面前，讓媒體有憑有據地做詳盡地報導，請各媒體善用資源。請別批判我、我的家人、醫師或與此相關的任何人。**

**生命終有盡頭，我希望有效率地活著，不願被囚禁在自己的軀殼裡，這會是一場讓我重獲行動自由的試煉。不論成功與否，請大家爲我祝福。謝謝！**

**路易・勒菲弗爾**

『聲明稿最後有家父的親筆簽名。』男子拿起稿子，翻正面指著簽名給大家看。男子念完聲明稿後，將手裡那一疊文件，逐一發放給在場的記者們。

在診療室裡的柯斯塔，已熟練地將各種偵測生命跡象的心電圖儀、鼻導管、血氧儀和躺在診療床上的老先生身體相連結。血壓、心跳與血氧指數在攝影機的螢幕上一覽無遺。

他先將輸液器迴路打開，讓輸液充滿整條管路，然後鎖住開關。

先消毒老先生的手背。取蝶翼靜脈注射針插入老先生手背血管，再把輸液器迴路開關打開，測試輸液是否順暢流動。再次鎖住輸液開關。

最後，他打開放置在辦公桌上的容器，拿出一瓶藥劑。消毒瓶口，注入生理食鹽水搖勻，拔掉針頭蓋子以針筒抽出溶液，將藥劑注入精密輸液套內，一氣呵成。

站在候診室後方的伯格此時心跳開始加速，幾乎可以聽得到自己的呼吸聲，關鍵一刻即將到來。柯斯塔彎著身體和老先生說話，似乎是在跟他做最後確認。接著把開關交給老先生。老先生從容地打開開關，啟動輸液迴路。藥劑一滴一滴順著管路慢慢地注入他的體內。

柯斯塔握著老先生的手，坐在床緣繼續和老先生說話，剛開始老先生還可以和回應柯斯塔醫師。大約十分鐘後，慢慢進入睡眠狀態，雙臂直挺挺放在身旁，沒再移動。之後的數十小時，老先生將會像這樣一動也不動地躺在病床上。柯斯塔坐在一旁盯著連結在他身上的儀器螢幕。一切正常。

伯格的呼吸心跳隨著老先生的入睡而逐漸平緩下來。柯斯塔已經替醫療界開拓全新領域。新藥如果是在另一個時空背景下完成試驗，他的名字是否會永遠註記在醫學書籍裡？

伯格明白他所接受的試驗沒有任何危險性，但是內心依舊惶恐不安，胃變得沉重，喉嚨發燙。期待老人可以跨越這個大關。

柯斯塔在確定了老先生一切都穩定之後，走到候診室。這時候的記者群蜂擁而上，每個人都準備好要問問題。面對如同吸了氦氣般叫囂、好像遇見大人物般猛閃快門的記者們，柯斯塔舉起手將食指放在唇上，暗示要大家安靜，同時用手指一指診療室還有馬路對面。意思是要他們安靜下來，以免干擾《沉睡中》的老先生以及附近的鄰居。

『請大家慢慢來。我有問必答。』柯斯塔將長袍袖子往上折，雙手插腰，準備好抗戰。

『老先生會《睡》多久？』

『正常情況，老先生會睡72小時。也可能少於或多於72小時。』

『老先生睡醒後就能走路了嗎？』

『他本來就能走。醒來後會走得更快、更穩、更順暢。理論上。』

『藥物是怎樣作用？』

『我只能說，它會讓受試者比較健康，但是生命會縮短。意思是，如果他沒有接受治療，在現在這種的狀態下或許可以活十年，但是治療後會比較有活力，但可能只活兩年或三年。』

即使在回答眾記者的提問，他也不時轉身看看老先生的狀況。

終極雜誌社的特刊是在星期五晚上完整地刊登在網頁上，伯格相信已經有許多記者上網查看過，但整個週六白天並沒有任何一家媒體跟進報導。如果只看標題，大概不會知道特刊是《蓄意謀殺》的相關報導。直到媒體接到通知，星期六晚上探索診所即將有一場直播，才有部份媒體轉述雜誌社的報導。

就在這個時候，伯格看見佩德從外面走進候診室，在柯斯塔耳邊私語。接著就走進診療室，查看老先生的身體狀況是否穩定。佩德看來是打算和柯斯塔輪流照顧受試者，讓他有時間可以休息。

他果然沒有落跑，是他的好兄弟。這個現場試驗應該是有得到董事會的同意。

伯格走到室外，大大吸了一口冷空氣。他開始想像，有三位前輩在兩年前才經歷了相同的過程。時間來到晚上十點鐘。候診室裡還是擠滿記者，外面出現了更多好奇的民眾。

這時候伯格撇見停車場來了一部計程車。計程車停妥後，一位女士還有一個大約十五歲的青少年從車上下來。女士打了通電話。

他看到柯斯塔接了電話之後離開記者們，走出候診室。

他和女士擁抱打招呼。抱了抱青少年，親親他的額頭，拍拍他的背。佩德也走出診療室，和兩人打招呼，方式和柯斯塔一樣親暱。伯格並不知道他們是誰，又從何而來。

從臉上笑容，肢體語言看得出來，他們四人很親密，情感很熱絡。可是當他仔細看那位青少年之後，發現他和伊凡・德盧卡長得一模一樣。

如果傳說屬實，女士應該就是柯斯塔的結婚對象。

伯格猜測：女士懷孕，但不知道是什麼原因，伊凡・德盧卡無法和女士結婚，而且伊凡・德盧卡並不知道她懷孕！女士反而告訴了另外兩位好友。這導致柯斯塔帶著她《私奔》、《結婚》，也讓伊凡・德盧卡至今仍對柯斯塔懷恨在心……。所以…柯斯塔為她和他留下孩子？故事是這樣發展的嗎？

伯格朝著他們走過去，跟柯斯塔示意有話跟他說。

兩人走到旁邊，伯格用戲謔的口氣對柯斯塔說道：

『明明就四個人，為什麼要叫《三劍客》？』

『這你要去問大仲馬。』柯斯塔聽出他的弦外之音，微笑看著伯格。

『叫《四人幫》應該會比較貼切。』

『稱《三劍客》，有人人為我、我為人人的浪漫。若稱四人幫，似乎只為了權力鬥爭。』

『確實。』伯格點頭稱是，也看到柯斯塔微笑所代表的意義，他的眼神似乎在告訴伯格，他的猜測是對的。伯格心裡想，三劍客依然存在，只是伊凡・德盧卡被青少年取代了。

『今天是你的大日子。你的照片明天就會出現在各大報上。』伯格說道。

『是大日子，更有可能帶來一場大混亂。』柯斯塔不置可否。

『我要先回雜誌社一趟，看看網頁是不是還能正常運作，明天會再來。總編輯說他今晚都會待在那兒。今天很多人一早就進雜誌社，我相信他們現在就都守在電視機前，靜觀事件的發展。我也想順便看看其他人有什麼回應，例如，醫界的反應、檢調單位的回應將會是很有意思的事。明天會是充滿新聞性的日子。』

伯格在興奮中帶著激動，從以前到現在，沒有見過比這更大的新聞，而這大新聞是由自己的雜誌社率先出刊的。這滋味真的不錯。

『你們現在正站在爆炸的中心。』

『未來還有很多事情要做。』

『從明天以後，大家都會搶著去撿拾掉落的碎片，競爭會愈來愈激烈，全國各大報都將會加入這場競爭。』

『謝謝你的坦誠，才讓我們有這次機會。』

『不，這是你自己努力得來的。』

第二天，柯斯塔和他的楚門秀登上世界日報、中央通訊、獨立新聞、大世紀郵報、NBC News 等各大報的頭版。其中最有趣的莫過於中央通訊的頭版，標題下得幽默：【遭控蓄意謀殺的醫師柯斯塔重返犯罪現場】。

透過電視直播，任何人都能看到凱特・麥爾還有一個大約15歲孩子的到訪。伊凡・德盧卡盯著電視看，不說一句話。看到孩子那一刻，他終於相信維克說的，他跟凱特結婚，對自己、對凱特都是好事，維克為自己和凱特留下孩子。凱特是天主教徒，墮胎不被允許，未婚生子又不名譽，她不想給自己家庭帶來不好的名聲。凱特不願對他提這件事，只因他選擇接受政治婚姻。伊凡・德盧卡一臉悲悽，對他而言今天真是慘淡無光。

『這個孩子和小時候的你長得一模一樣。』在伊凡・德盧卡身後的德盧卡老先生神色凝重地說道。

德盧卡老先生身上穿著休閒服和居家長袍，拄著拐杖，全然一付老祖父般的慈祥神態，同樣目不轉睛地盯著電視螢幕。

『您早知道這件事？』伊凡轉過身來面對他的父親。

『我也是看到孩子才知道。你當初可以拒絕這段婚姻的。』老先生眼睛還是盯著電視。

『婚姻是我自己的選擇，我有自己想走的路。就像現在當國會議員一樣。』伊凡轉過身看電視。

『維克真的很愛你們，我是說你和凱特。從你們還是學生的時候我就認為他是個好孩子。』

『那您現在為何要選擇跟他對抗，您毀了他的理想，不覺得殘忍嗎？即使是拿自己的生命做賭注也在所不惜？』

『毀了他的理想，你認為我是後面那個影舞者？我有參與，但真正的提議者並不是我。我願意參與是因為我是經營者，背負著股東們的期待。』老先生可以感覺得到湧向他的怒氣。

『所以，這整件事完全是您的消遣？』

『不完全是。我說了，我背負股東的期待。』

『我懂。但是醫療不應該用來賺大錢。』

『任何企業都必須賺錢才能生存，如果按照你的理想，集團可能很快就因為財務困頓而瓦解。背後沒有金錢的支撐，什麼理想都是空談。伊凡，你和我一樣心知肚明。』老先生聲音依舊平穩。

『的確，但我會在理想和現實之間取得平衡，而不是像現在，這個集團簡直就是吸金怪獸。』

『希望你說到做到。我已經是行將就木的老人，該算總帳了。』講這話老先生的口氣似乎遭受挫折，嘴角撇起一抹冷笑。

『您是老了，但不糊塗。一切都在您的掌控之中。』伊凡・德盧卡不以為然。

『我已經到了不得不接受來日不多的年紀。我知道你的理想，但是我所做的一切都是為了集團的永續。或許對你不公平、對維克不公平、對很多人都不公平，但這就是現實。話說回來，如果是在商場上，我的所作所為會被當成英雄看待，在醫療界卻被當成惡魔，對我又何嘗公平？』

『我同意。我倒是希望維克可以重新申請臨床試驗。今天全國觀眾都守在電視機前，維克已經對大家說明詳細情形，民眾將不再有疑慮，這才是最關緊要的，這也是千載難逢的好機會。如果再有人投反對票，我會把實情公諸於世。』

『那你在兩年前為什麼不這麼做?是因為那時候的你對維克還懷恨在心，這何嘗不是私心作祟。』老先生帶著不屑的嘲弄意味說道。

『我曾經想要這麼做，但是這樣做反而會害了他，別人會認為創世紀公司只是為了賣藥，而我可能也會被指控拿了創世紀公司的好處。但這次不一樣，直播讓民眾知道新藥可以讓不良於行的人獲得重生。這時候我再推一把，不但可以為他背書，也算《為民服務》。不是服務創世紀公司，是為一般民眾。你應該知道，維克發明這款藥物不是為了賺大錢。』

『如果你這麼做等於在告訴民眾當初投下反對票的人是為了自己的利益，會給醫界帶來不好的名聲。』老先生邊說邊踱起方步，雖然拄著拐杖，但仍然很有君臨天下的氣勢。

『你們可以出來解釋當初為何反對的檯面上理由，民眾是會接受的。』伊凡・德盧卡一副幸災樂禍的樣子。

『這件事會如何演變沒人說得準。』

接下來一段時間老先生彷彿失去頭緒，沉浸在自己的思緒中。他們默默地或坐或站，各懷心事。

『我得問你接下來怎麼辦？想跟孩子見面嗎？可以請維克安排。』

『事關凱特，維克以前沒說，現在更什麼都不會說。我會先找凱特。』

『你打算怎麼做？』

『我什麼都不會做，除非凱特同意。孩子跟著媽媽會比較幸福，更何況他還有維克和威爾。我的童年，父親是缺席的。』

『我沒有缺席。我每天下班後去看你，你都已經呼呼大睡了。沒機會說話，只能親你額頭說晚安。』

『我只希望他快樂。』伊凡・德盧卡知道父親在想什麼，看著曾經冷酷老人現在的表情，前額上的皺紋擠成一團，看起來顯得疲憊、哀傷，伊凡・德盧卡反而對他起了憐憫之心。

檢察官檢驗了原告提供的證據、收集了原告與證人的證詞，也找來被告。原告與被告，擁有完全相同的合約書與錄影檔。他也調閱了新藥審查的文件與錄影檔案。

第一次審查，十五人小組熱烈討論藥物的安全性以及適合的對象，過程中有一些爭執，最後無異議一致通過。二審投票時，七個贊成，八個反對。

一椿簽有合約的「蓄意謀殺」提告，舒爾茲覺得很好笑。不要說想要說服法官，連一般市井小民都不會買帳。這算哪門子謀殺啊！

《蓄意謀殺》屬刑事責任，必須解剖、勘驗屍體。法醫的驗屍報告寫著，利奧・尤哈斯身體沒有外傷，體內沒有毒素。報告裡面特別提到，根據身體各器官的病理報告，他的身體狀況比實際年齡約年輕20歲。

他心裡明白，這不是法律事件，是一樁不屬於柯斯塔的法律事件。

如果有人問起該以何種罪名起訴維克・柯斯塔，他會說沒有任何條文可以將柯斯塔定罪。

舒爾茲看著電視直播，也密切注意事件的發展。現在他心裡有底了。

# 20

## 五月二十七　星期二

坐在沙發上閉目休息的柯斯塔聽到一陣吵雜聲音，他被佩德移動吊架時的聲音吵醒，看到躺在床上的老先生已經醒了，眼睛睜得大大的。於是趕緊離開沙發站起來，順便把衣服拉好。

他和佩德兩人一起把連結在老人身上的儀器管線一個一個移除，還有手臂上的針頭、導管也一併移除放到推車上，順便把吊架推到旁邊。試驗總算結束。

當兩人正要準備去扶老人起床時，他已經自己起身坐在診療床上，臉上沒有表情，看著前方，就像剛睡醒的人會有的舉動。他還在發呆。在稍微清醒之後，他用手撐在身後挪動屁股，往床緣移動。在床緣坐好讓雙腳垂下，左手放在身後撐著，用右手抹抹臉。

『我好像睡很久。睡得很舒服。』老人醒後的第一句話。

『是。您睡了快三天。』柯斯塔點頭說道。

兒子從停車場處看見父親已經起身，立刻慢跑進診療室想幫忙。

『您覺得怎麼樣？』兒子問道。

『感覺變壯了。』老人看著兒子，露齒而笑。

他們讓老人繼續坐在床緣，睡了這麼久，要完全清醒真的需要時間。沒人開口問話，但這沉默卻帶著愉悅，興奮。

『您完全醒了嗎？』又再過一會兒，柯斯塔問老人。老人點頭。

兒子趕緊過去把原本放在診療室角落的輪椅推到床邊，打算給老人坐。

『我想自己走。』

老人沒有猶豫，就光著腳踩在地上，站在旁邊兒子和柯斯塔抓著他的手試著扶住他。老人站穩之後，把他們的手輕輕推開。他要自己走，不要別人幫忙。兒子不安的看了柯斯塔一眼，柯斯塔點頭示意放手。

老人跨出第一步時，低頭看著自己的腳，腳趾用力擠壓地板，他在感受自己腳趾頭用力擠壓地板的感覺。他真的很用力。

老人深深吸了一口氣，嘴角往上揚露齒而笑，挺直背部，慢慢往候診室前進，雖然走得很慢，卻感覺很有力。老人露出大大的笑容。

就在那一刻，站在候診室後方的伯格深受感動，這是經過治療後的老人，他已經改變。穿著五分褲的老人小腿變得比較豐腴，不像三天前那樣纖瘦。他知道老人將有更多的自信走向未來。

所有人緊盯著老人一步一步走出來，雙腿直直的，越走越順暢，候診室的記者們也很有默契地讓出一條通道，好讓老人順利地走到外面。

『您現在最想做什麼事？』有位女記者問老人，聲音小到快聽不見，好像害怕會嚇到老人。

『小姑娘，我現在好餓，想吃東西。』老人對著女記者笑。

引來候診室一陣笑聲。有人甚至沒聽清楚女記者的提問，問旁邊的人為什麼老人會說他好餓。

『小夥子，我的聽力比你還好呢！』

『我可以去吃點東西了嗎？』老人轉頭問柯斯塔。

『可以。但是別急，先吃點好消化的。等過兩天，您就可以品嘗美食。』

老人開心的笑了。

伯格看見有女記者在擦眼淚。之後大家都很有默契，沒有人再提問，安靜的看著老人在沒有任何人、沒有任何物品的協助下慢慢跨出每一步。柯斯塔陪他們走到停車場，兒子趕緊為他打開客座車門。大家看著他曲身自行坐進車裡，目送他，直到車子駛出停車場。

# 尾聲

三天之後，檢調單位由發言人出面說明凱恩・尤哈斯與海妲・奧拉控訴維克・柯斯塔《蓄意謀殺》的案件。

發言人聲明，兩人死亡的那一刻，並沒有與被告有直接的接觸，被告也有不在場證明。根據法醫的驗屍報告，亡者身體沒有外傷、也沒有內傷，體內也找不到任何有毒性的物質。檢驗藥品成分，沒有任何證據可以證明藥品對人體有害。

由於證據不足，《蓄意謀殺》罪名不成立。

但是維克・柯斯塔醫師涉及提供未經核准的藥物給病患使用，已違反《醫療法》與《醫師法》，將予以罰款。懲處部分會轉交醫藥衛生主管機關處理。

## 後續發展

在檢調機構發表聲明的隔天，有人在國家網站發起一項連署：「重新評估死亡荷爾蒙的合法性」。連署的說明中，藥劑既然安全無虞，基於部分民眾的需求，希望政府重新評估被駁回的新藥「死亡荷爾蒙」。活動目標需要有十萬名支持者連署，官方才會做出回應。上線三天，已有七萬七千人加入連署。

國家圖書館出版品預行編目資料

死亡賀爾蒙／李熙麗著. --初版.--臺中市：白象文化事業有限公司，2021.4
面； 公分
ISBN 978-986-5488-03-1（平裝）

863.57 110003592

# 死亡賀爾蒙

作　　者　李熙麗
校　　對　李熙麗
特約設計　陳巧玲
專案主編　水邊
出版編印　吳適意、林榮威、林孟侃、陳逸儒、黃麗穎
設計創意　張禮南、何佳諠
經銷推廣　李莉吟、莊博亞、劉育姍、王堉瑞
經紀企劃　張輝潭、洪怡欣、徐錦淳、黃姿虹
營運管理　林金郎、曾千熏
發 行 人　張輝潭
出版發行　白象文化事業有限公司
412台中市大里區科技路1號8樓之2（台中軟體園區）
出版專線：（04）2496-5995　傳真：（04）2496-9901
401台中市東區和平街228巷44號（經銷部）
購書專線：（04）2220-8589　傳真：（04）2220-8505
印　　刷　基盛印刷工場
初版一刷　2021 年 4 月
定　　價　260 元